真珠姫と黒騎士王

〜国無き姫は軍人王の蜜愛に包まれる〜

An Yoshida
吉田 行

JN075489

Honey Novel

Illustration

芦原モカ

CONTENTS

一　不幸せな花嫁

私はなんのために生まれたのだろう。

透けるような金の髪に貴重な硝子《ガラス》のビーズを取りつけられながらレサーリアは物思いに耽《ふけ》っていた。

「お美しいですわ、レサーリア様」

子供の頃から自分の世話をしている老女のコッサが銀の鏡を目の前に差し出す。曇った鏡面の中にぼんやりと自分の姿が浮かぶが、よくわからない。

自分は今日、遠くの国へ嫁ぐ。一度も会ったことのない男のもとへ。

(それが私の生まれた理由だから)

身支度が終わると兄のマッシオが入ってきた。

「素晴らしい、まさに真珠のようだ」

真珠姫、それは物心ついた時からずっと言われていた単語だった。

白に近いほど色の薄い金髪に、日に当たってもけっして焼けない白い肌。目の色は灰の混じった青。

それは古い貴族の血、かつて存在したキオラ王国の王、ドミナ家の純粋な特徴だった。

かつてキオラ王国という巨大な国があった。

その国は沿海州一帯から山地まで統一していた。首都のアレッシオーレは海を臨む小高い丘にある、美しい都市だった。

だがレサーリアの祖父、デカッロの時代に地方の豪族が反乱を起こし、王国は滅亡したのだった。

ドミナ家は身内とわずかな使用人を連れ山奥のエオ地方へと逃げた。なんとか持ち出せた財宝を売りながら一族は自給自足生活を始めるしかなかった。最初は百人ほどいた使用人はあっという間に逃げ出し、今は二十人ほどしかいない。貴族の生活しか知らないドミナ家の人間たちが慣れない畑仕事をするしかなかった。

帝国が滅亡した時に王だった祖父は三年前に死んだ。今その代で残っているのはかつて王妃だった祖母のアドレアのみだ。

デカッロには五人の子供がいた。長男であるニアキロがレサーリアとマッシオの父親である。

ニアキロはキオラ王国再建に燃えていた。彼のもとにキオラの血を濃く受け継いだ娘、レサーリアが生まれると一族を挙げて美しく育て上げた。彼女のために石造りの家を建てほとんど外に出さず畑仕事もさせず、教養と礼儀を学ばせた。一族の中にはまだかつての生活を覚えている人間がたくさんいたからだ。

レサーリアが成長する頃には父はすでに病を得て家に籠もり切りだった。王国再建の夢は長男のマッシオに引き継がれていた。

十六になると周囲の王国に縁談が持ち込まれた。条件は一つ、キオラ王国再建に協力することだった。

レサーリアの意思は関係なく、ずっと年上の相手やすでに妻がいる相手とも見合いをさせられた。皆彼女の美しさには惹《ひ》かれたが、キオラの再建には難色を示した。

いくつかの貴族や豪族が組み合わさってできた現在の連合王国は豊かに栄え、生半可な軍事力では奪えそうになかったからだ。

二年が過ぎ、散々あちこちの国へ連れ回されレサーリアが疲れ切った頃ようやく縁談が決まった。

最初はコーサイアスのジドレという老王のもとに嫁ぐはずだった。彼は自分の父親と同じほどの年齢だったが、コーサイアスは連合王国の中でも力のある豪族だったのだ。

そのまま彼の後妻になるはずだったのに、なぜか強引に横やりが入った。ここよりさらに山一つ越えた場所にあるサイセンの王だった。

(サイセン)

名前だけは聞いたことがある、ずっと昔にキオラ王国から独立した軍人国家だった。

「どうしてその人が私を?」

サイセンの王はジドレと直接交渉して、自分を奪い取ったという。

「サイセンは連合王国に入っていない数少ない国だ」

アレッシオーレを首都とする連合王国は周囲の国を飲み込みながら巨大化していった。

「他国に攻められないよう、サイセンは強くなりたいのだ。あの国がアレッシオーレを手に入れたら強くなれる。そのためにお前の身分が必要なのだ」

キオラ再興のためサイセンが力を貸す、それを名目にアレッシオーレに攻め込むことができるのだ。

（私はやっぱり道具なのね）

レサーリアはサイセンの王と会ったこともなかった。年齢が近いということしか知らない。

未来の夫にとって自分は、アレッシオーレを手に入れるための一つの駒、それに過ぎないのだろう。

「サイセンの王が身内になってくれたら百人力だ。あの国の兵士の強さは知っているだろう」

サイセンの民は気性が荒いことで知られていた。男は子供の頃から親と離され軍隊のような生活を送る。各国へ傭兵《ようへい》として派遣され、その賃金で国を支えていた。

「そんな野蛮な国に、姫様が嫁いで大丈夫でしょうか」

世話役のコッサは心配したが、レサーリアはなにも逆らわなかった。

（やっと終わる）

輿《こし》に乗せられ、様々な国に行って男たちにじろじろと品定めされることに彼女は疲れ切っていた。

結婚する相手、サイセンの王ジャンネドの顔すら知らなかったがそれでもよかった。

(これが私の役目なのだから)

生まれた時から定められていた運命、この生き方しか知らなかった。

美しい金髪に無数のビーズをつけ、貴重な絹の衣を纏《まと》ってレサーリアは兄のマッシオと共にサイセンへと旅立っていった。


松明《たいまつ》を灯《とも》しながら丸一日かけてようやくサイセンの国境に到着する。崖を削ったような細い道の目の前に突然背の高い門が現れた。

「なんと頑丈な門構えだ、さすがサイセンだ」

小さな通用口から使いの者がレサーリアたちの到着を伝えると、ようやく分厚い木の門が開いた。

(あ)

レサーリアは輿の窓を開けた。門の向こうには騎馬の人間がずらりと並んでいた。先頭の男は黒い馬に跨《また》がり、黒い衣を着ている。長い黒髪が肩まで流れていた。

黒馬の男はレサーリアが乗っている輿までゆっくりと近づいてきた。馬を止めると降りて、徒歩でこちらへやってくる。慌てて輿の窓を閉めた。

「レサーリア殿、私がサイセンの王、ジャンネドだ。長旅ご苦労だった」

(あれが私の夫)

初めて真正面から見た自分の夫は——。

(美しい)

年齢だけは聞いていた、自分より五歳年上の二十三のはずだ。

軍人国家の野蛮な王、そう聞いていた。

だが今、目の前に現れた男は若馬のように美しかった。

ジャンネドは輿に近づくと扉を開けようとする。侍女のコッサが慌てて止めた。

「おやめください！　まだ正式に婚礼をしておりません。姫様は結婚するまでは殿方に顔を晒《さら》さないのです」

彼女の言葉をジャンネドは不思議そうに聞いていた。

「もうレサーリア殿は半分サイセンの人間になった。ここでは女も顔を出していいのだ」

「そんな」

抗議するコッサに構わずジャンネドは輿の扉を開けた。レサーリアは慌てて頭から白いヴエールを被《かぶ》る。

「レサーリア殿」

輿を覗《のぞ》き込むジャンネドの目は深い黒だった。胸の奥が苦しくなる。

「共に行こう、これからはここがあなたの国だ」

（私の国）

彼の言葉に緊張が少しだけ緩んだ。その瞬間、彼の腕が伸びてきた。

「ああっ」

ヴェールを被ったままのレサーリアはジャンネドの腕に抱えられていた。そのまま彼の逞《たくま》しい肩の上に座らされる。まるで小さな子供になったようだ。

「ひっ」

地面がずっと下にある。恐怖のあまりヴェール越しに彼の頭に掴《つか》まった。

「なんと細い体だ、小鳥のように軽い」

ゆらゆらと彼の体の上で揺れながらレサーリアは門をくぐった。自分が嫁ぐ国への第一歩だった。

（温かい）

腰の下にある彼の肩は木の幹のように頑丈だった。


サイセンの王城は山を背にして立っている。石造りの壮麗な建築だった。田舎の小さな木造しか知らないキオラの人間は一歩王城に入るとその高い天井に驚いて上を見上げてばかりいた。

レサーリアは王城に一室を与えられた。そこにはすでに質素だが真新しいドレスが何枚も用意されている。

「なんて地味な服でしょう。これが国の王妃に与える服でしょうか。やはり田舎なのですね」

コッサは口を開けば悪口しか言わなかったがレサーリアは気にならなかった。今までの貧乏な山奥暮らしからしたら天国のような境遇だった。

その夜は歓迎のためご馳走《ちそう》が並ぶ。長いテーブルに山盛りのパンや鳥の丸焼き、林檎《りんご》や干したオレンジが並んだ。ワインの樽《たる》もたくさん壁際に置いてあって皆好き勝手にデキャンタに注いでいた。

レサーリアはヴェールを被ったままジャンネドの隣に座っていた。自分の夫となる男は黒い革のベストを着ている。彼はゴブレットを持ち立ち上がって皆に呼びかけた。

「長い間待たせたが、私もようやく結婚することとなった。相手はキオラ王国の姫、レサーリア殿だ。皆これからは彼女を王妃として扱って欲しい」

そう宣言してもワインで酔っぱらっている宴会の人間たちはげらげらと笑うばかりで真面目に話を聞こうとはしない。箱入りで育ったレサーリアには面食らうばかりだった。

「なぜヴェールを被っているのだ、花嫁の顔を見せろ」

酒で顔を赤くした男が近づいてきた。コッサが慌てて前に立ち塞がる。

「まだ式を挙げておりません。レサーリア様に近づかないで」

だが男は構わずレサーリアに歩み寄る。酒臭い息がかかりそうだ。

「俺は娼館《しょうかん》でキオラ王国の貴族という娘を見たことがある。確かに金髪の美しい女だった。肌も真珠のように白かった。本当にキオラの姫かどうか、見定めてやろう」

胸が苦しくなった。かつてキオラ王国の貴族だった人間は今ばらばらになっている。困窮して身売りした者も多いだろう。

「失礼なことを言わないでください！　姫様を娼婦と比べるなんて」

コッサは怒りを爆発させたが、レサーリアは不思議と気持ちが荒れなかった。

(娼婦とどこが違うのだろう)

高貴な血筋と受け継いだ容姿、それを買われて妻になった。

それは身売りとどう違うのか。

「そんな布は取ってしまえ、もうここがお前の国なんだぞ」

男の手がヴェールにかかろうとしても、レサーリアは身を凍らせていることしかできなかった。

(勝手にすればいい)

自分の身は自分のものではない、そんな投げやりな気持ちだった。

だが、薄いレースのヴェールが奪い取られることはなかった。

(え？)

隣に座っていたジャンネドが男の手首を摑んでいたからだ。

「モラド殿、今夜も酒が過ぎたようだ」

モラドと呼ばれた男は彼の手を振り払おうとしたが、鷲《わし》のようにがっしりと摑まれて自由にならない。

「わかったわかった、王より先に触れようとは思わん」

モラドの手首を離したジャンネドは、そのままレサーリアを抱え上げた。

「きゃ……」

体の大きなジャンネドに抱かれると、まるで子供に戻ったようだ。

「我が妻は長旅で疲れている。先に休ませるぞ、よろしいですな、マッシオ殿」

すでに酒をたらふく飲んでいた兄は赤ら顔で鷹揚《おうよう》に頷《うなず》く。

「もちろんですとも、まだ式は挙げていないが今夜本当の妻にしても構わんのですよ」

マッシオの言葉に皆がどっと笑った。まるでごろつきの集まりだった。レサーリアは体を固くする。

(もしや、このまま)

彼の妻にされてしまうのだろうか。本能的な恐怖に襲われる。

するとジャンネドの唇が耳に近寄ってきた。

「大丈夫だ」

彼の声は体に似合わず小鳥のように優しい。

「今夜あなたは一人で眠るのだ。ゆっくり体を休めなさい」

自分の恐れを悟ったのか、すぐ安心させてくれたジャンネドの気持ちが嬉《うれ》しかった。

（ありがとう）

しかしレサーリアはその気持ちを素直に出すことができない。幼い頃から感情を押し殺して生きてきたから。

石のように黙ったまま、長い廊下を通って寝室へと運ばれていった。

大きな寝台は頑丈な樫《かし》の木でできていて、中には綿を詰めた柔らかい敷物が敷いてあった。さらに掛け布団はまるで雲のように軽い。

「これは？」

レサーリアがその軽さに驚いているとジャンネドは微笑《ほほえ》む。

「水鳥の羽根を集めて詰めた布団だ。サイセンの夜は寒いが、これをかけていれば春のように暖かい」

「まあ、まるで魔法だわ」

羽根の入った布団は強く押してもすぐ元に戻った。面白くて何度もやっていると、ジャンネドがくすくすと笑い出した。

「大人しい方だと思っていたが、子供のようなところもあるのだな」

はっと気がついて恥ずかしくなった。ついはしゃいでしまった。

「……こんな布団、見たことがなかったので」

キオラの田舎暮らしでは藁布団《わらぶとん》しかなかった。ごわごわとした寝台でなんとか眠るしかなかったのだ。

「……ヴェールを取ってもいいだろうか、我が妻よ」

そう言われて体が再び強張《こわば》った。まだ彼に素顔を見せたことがなかった。

「……はい」

そう答えるしかない、自分は彼のものになったのだから。

だがジャンネドはいっこうにヴェールを取ろうとはしない。

「どうされたのですか？」

早くして欲しい、この緊張に耐えられなかった。

「まだ、私に顔を見せるのは怖いか？」

思いも寄らぬ質問だった。そんなことを聞かれたことなどなかったからだ。

「……怖いです」

ジャンネドへの恐れではなかった。

結婚までの旅で自分の顔を晒すことへの嫌悪が積み重なっていた。

兄のマッシオはレサーリアをできるだけ高く売りつけるため様々な国を巡った。その国の王の前に出てヴェールを取る、その瞬間無遠慮な視線が突き刺さった。

「ほお、美しい」

「これがキオラの血か」

「色が白いな」

貴族たちに品定めされ、レサーリアは自分が馬かなにかになったような気がした。激しい嫌悪感に襲われた。

だから、ジャンネドの前でも自分の姿を晒すのが怖い。

もし、彼に嫌悪感を持ってしまったら――それでももう、逃げるわけにはいかないのだ。

「ならば、今日は見せなくてもいい」

意外な言葉にレサーリアはヴェールの中ではっと顔を上げた。

「遠くから輿に乗ってすぐ宴会だ、疲れただろう。あまり食べてなかったのではないか」

自分の様子を見ていてくれたのか――張りつめていた気持ちがゆっくりほぐれる。

「今お前の侍女を呼んでこよう。明日は自然に起きるまで眠っているといい」

立ち上がろうとしたジャンネドの手を思わず摑んでしまう。

「お待ちください」

振り返ったジャンネドの顔は驚きに満ちていた。

「どうしたのだ」

死ぬほど勇気が必要だった。だがこのまま最初の日を終えるのはどうしても嫌だった。

自分も、彼の顔をはっきりと見ていない。

「妻となる女の顔を、見てください」

レサーリアは自分から白いヴェールを取った。透けるような金髪や灰色が混じる青い瞳が光に晒される。

ジャンネドは妻の姿をじっと見ていた。

(なにを言うのだろう)

彼の言葉が怖かった。気に入られただろうか。それとも対価に見合わぬ者と思われただろうか。

「美しい」

何度となく言われた言葉、だが不思議と嫌悪は感じなかった。

「本当に同じ人間なのだろうか。こんなに繊細な造りをしている」

彼の大きな手がゆっくりと近づいてくる。レサーリアは長い睫《まつげ》をそっと伏せた。

(あ……)

掌《てのひら》が頬に触れた。その皮膚は固く、熱かった。

「なんて柔らかい肌なのだ、牛脂のように溶けてしまいそうだ」

(温かい)

彼の体温は自分よりずっと高く、熱が伝わってくる。

そのまま、顔が近づいてくる。

(なんて綺麗《きれい》)

レサーリアも彼の美しさに目を奪われていた。黒い瞳はよく見ると長い睫に覆われている。鼻筋は真《ま》っ直《す》ぐ通っていて頬は引き締まっている。

彼の息がかかるほど側《そば》にあった。

（キスをされるのかしら）

もうレサーリアは覚悟を決めていた。だがその唇は自分の頬に触れただけだった。

「おやすみ、また明日会おう」

あっけなくジャンネドは離れ、扉のほうへ歩いていく。

「もう、いなくなってしまうのですか」

思わず声をかけると、彼は振り返らずこう言った。

「これ以上一緒にいたら、間違いを犯してしまいそうだ」

その言葉に情熱を感じてレサーリアは顔が赤くなる。ジャンネドが出ていくと入れ替わるようにコッサが入ってきた。

「姫様、ご無事ですか⁉」

彼女の顔はすっかり青ざめていた。

「無事って、どういう……」

「操を傷つけられたりはしてないでしょうね」

彼女の言葉に咎《とが》めるような雰囲気を感じて思わずむっとしてしまう。

「そんなことされていないし、相手は夫になる人じゃない」

反論するとコッサはさらに顔を赤くして言い返した。

「いいえ、神の前で誓うまで綺麗な体でいなくては、キオラの名に障ります。私はそのために今までお仕えしてきたのです」

涙ぐまんばかりに熱弁するコッサを見ると、もうなにも言えなかった。生活のすべてを自分に捧《ささ》げてきた、親より緑の深い女性だった。

「サイセンの人間は野蛮ですわ。欲望のまま酒を飲み、大喰《おおぐ》らいです。女性に対してもそうに違いありません」

(そうかしら)

ジャンネドの目には欲望の色は見えなかった。今まで何度も晒されてきた、ねばつく泥のような気持ちの悪い目つき。

(あの人は違う)

そう思いたい、だが。

(あの人も同じだろうか)

コッサはレサーリアの髪に結びつけたビーズを一つずつ外していく。

「レサーリア様は本来、こんな田舎にいる方ではありません。アレッシオーレの空中庭園にいるはずなのに」

子供の頃から何度も聞かされた空中庭園の話だった。

石造りの宮殿の一番上に緑の庭がある。春には薔薇《ばら》の花が、夏にはオレンジが育つその庭を維持するために専用の井戸があって、毎日使用人が水を撒《ま》いていた。海が見えるというその庭はキオラ王国の貴族でなければ入れなかったという。

一度も見たことがないのに、まるで本当の記憶のように思い描くことができる。

「サイセンは野蛮人ですが戦に強いです。ジャンネド殿がついていればきっとアレッシオーレを奪い取れます。キオラ王国が復活するのですわ」

本当にそんなことが可能なのだろうか。生まれた時から山奥で育ったレサーリアには信じられなかった。

「アレッシオーレの人々は皆、私たちのことを覚えているかしら」

「もちろんですとも！」

コッサはレサーリアの手を握って跪《ひざまず》く。

「キオラ王国が統治していたアレッシオーレは花の都と呼ばれていて、それは華やかでした。今はモレオという元首が治めていますが、様々な貴族が力を持って、連合王国は混乱が続いています」

レサーリアの祖父デカッロが国を追われた後元首の座についたのはコレドニ家という貴族だった。様々な国が集まった連合王国で、今の元首モレオは閉鎖的なキオラ王国と異なり積極的に貿易を行っているという。

「美しかったアレッシオーレも外から人間が入ってきて今は荒れていると言います。皆キオラ王国の再建を待ち望んでいるのですわ」

(そうだったらいいのに)

マッシオも言っていた。

『サイセンの兵を使って我々キオラの民がアレッシオーレに入ればそれで勝負はつく。我々を待ち望んでいる人間はたくさんいる。すぐに今の王を追い出して我々が王座に戻れるのだ』

『お前を空中庭園に連れていこう。その髪が海からの風になびくだろう。それを見た民衆は歓声を上げる』

それは子供の頃から何度も聞かされた夢物語だった。繰り返し聞かされたせいで、今ではありありと思い浮かべられるようになった。

(海の見える、美しい空中庭園)

レサーリアはまだ海というものを見たことがなかった。蒼《あお》く、どこまでも続いている大きな湖だという。

(あの人が連れていってくれるのだろうか)

黒い馬のような、美しい男。

柔らかな羽毛の布団にくるまれて、レサーリアはあっという間に眠ってしまった。

二　ぎこちない夫婦

二週間後、レサーリアとジャンネドの結婚式が華々しく行われた。白い花嫁衣装を纏ったレサーリアが初めて皆の前に姿を現すと、サイセンの人々は息を呑《の》む。

「あれがキオラの女か」

「絹のような髪だな」

「細い腰だ、なにを食べているのだろう」

神殿の前で向かい合ったジャンネドは真っ直ぐな瞳で自分を見る。

「レサーリア殿」

ぎこちなく微笑む。キオラ王国再建のために彼の力を借りなければならないのだ。

「ジャンネド様……」

神の前で手を取られる。その時彼の顔が近づいてきた。

「本当に私と結婚していいのか？」

驚いた。なぜこんなところでそんなことを言い出すのだろう。

(今さら)

自分に選択肢はない。この場から逃げ出すことなどできないのだから。

「はい……」

「私を愛しているか？」

返事ができなかった。

だって、誰も自分にそんなことを聞かなかったから。

マッシオが気にしたのは『キオラ王国の再建に役に立つかどうか』それだけだった。

『お前はあの男を愛せるか』

そんなことを聞いてくれた人はいなかった。

返事ができずにいると、すっと彼が離れる。

（しまった）

嫌われてしまっただろうか、彼に気に入られなければならないのに。

（今夜、彼の妻にならなければ）

いよいよ初夜がやってくる。彼の心をしっかりと繋《つな》ぎとめなければ。


たっぷりの湯で湯あみをした。水分を与えられたレサーリアの肌はしっとりと柔らかくなる。

「まさに真珠ですわ、レサーリア様」

コッサが涙ぐみながら真新しい寝間着を着せてくれる。ここからは一人で王の寝所へ向かうのだ。

蠟燭《ろうそく》の刺さった燭台《しょくだい》を持って、レサーリアはジャンネドの部屋に入った。

彼は広い寝台の上に胡坐《あぐら》をかいていた。薄物を着ているだけなので、若木の幹のような脛《すね》や、薄く筋肉の乗った胸板が露《あら》わだった。思わずレサーリアは目を逸《そ》らす。

なぜだか胸が苦しかった。

「こちらへ来い」

言われるまま寝台の上に乗る。大きな台の上は二人が乗ってもまだ間に距離があった。

「私の隣へ来るのだ」

レサーリアはうつむいたまま彼ににじり寄った。とうとうこの日が来た、彼の妻になる時が――。

(痛いというのは本当だろうか)

男女のことについてレサーリアはほとんど教わっていなかった。女はなにも知らずに男のものになることが望ましい、それがキオラ貴族の風習だった。

恐る恐る近づいてきた彼女の体を、ジャンネドの腕が抱き寄せた。

「あ……」

彼の肉体は分厚く、温かかった。

その温かさに、甘えてしまいそう。

(駄目)

彼はただ、自分の血統を求めているのだから。

自分は彼に、体を与えればいいのだ。

レサーリアは彼の腕の中で、ただ目を瞑《つぶ》っていた。

「…………」

だが、予想していた行為はなかなか起きなかった。

(どうしたの)

初夜の床で夫は妻の体を求めるのではないだろうか。

レサーリアは恐る恐る目を開けた。

黒い瞳が自分を見つめている。

(どうしてそんな目で見るの)

まるで自分の中のなにかを探しているような、揺れる瞳。

「どうか、されたのですか」

か細い声で尋ねる。

「緊張しているようだ、体が固い」

思いも寄らぬ返事にレサーリアは返事ができなかった。

「は、初めてなので……」

当たり前ではないか、思わず不満を漏らしそうになった。

「まず、ここに寝てくれ。私の側にいることに慣れて欲しい」

子供を寝かしつけるようにジャンネドはレサーリアを横たえた。自分もその横に寝そべり、柔らかな羽毛布団を上からかける。

「……このままでいいのですか？」

なにも知らぬとはいえ、これが夫婦のありようではないことくらいわかる。自分は薄物を脱ぎもしていないのだ。

「ああ、今夜はこのままでいい」

布団の中で腕枕をされ、側に引き寄せられる。長い腕にすっぽりとくるまれた。

「どうして……」

一日でも早く、キオラの血を引く子供が欲しくはないのか。

それを手に入れればアレッシオーレに攻め込むことができる。豊かな都市と港が自分のものになるのだ。

それは自分の願いでもある。彼と共にアレッシオーレに帰れる、海の見える空中庭園に――。

(帰る？)

奇妙な感覚だった。自分は一度もアレッシオーレを見たことがない。

ただ、幼い頃から何回となく聞かされていて、まるで本当の故郷のように目に浮かぶ。

(そこに帰るの、私たち一族が)

それには彼の力が必要なのだ。

レサーリアは恐る恐る分厚い胸板に手を伸ばした。男の肌は体温が高くて、少し乾いている。

その手をジャンネドの掌がそっと包む。

「あなたは手すら柔らかい」

そのまま爪にキスをされた。唇の感触に戦慄が走る。

(この人は私を求めている)

ぞくぞくとする感覚が体の力を溶かしていく。とろりと彼の腕の中でもたれかかる。

「ようやく、慣れてきたようだ」

金色の髪を掻《か》き上げられ、彼の顔が近づいてくる。

(あ……)

とうとう、彼の唇が自分のそれに触れた。

ほんの先端が触れるほどの、軽いものだった。それでも初めてのキスだった。

(柔らかい)

どこもかしこも固いジャンネドの、唯一柔らかなところだった。息も熱く、甘い。

「唇も、柔らかい、雪のように溶けてしまいそうだ」

何度も軽いキスを繰り返す、胸が詰まってレサーリアが吐息を漏らすと、それをジャンネドが吸い込む。

「あなたの息は、花の香りがする」

彼からそう言われると、誰に褒められるより嬉しい。
(この気持ちはなに？)
どうしてジャンネドに対してこんな気持ちになるのだろうか。
神の前で愛を誓った夫だからだろうか。
(女とはなんと簡単なものだろう)
自分の気持ちの揺れに情けなくなり、思わず彼から顔を背けた。
(彼は私を愛していないのに)
キオラの血を引く子供が欲しいだけ、それなのにこんな甘い言葉を吐く。
真面目そうな王と思ったが、やはり他の男と変わらないのか。
「どうした？」
気持ちの揺れを悟ったかのようにジャンネドの声が不安げだった。
「なんでもありません……早く、ジャンネド様の妻にしてくださいませ」
勇気を出して言葉にした。女にここまで言わせて、拒める男はいないだろう。
だが、がっしりと自分を抱きしめていた彼の腕がするりと解《ほど》けた。
(え？)
再び隣同士で寝ているだけの形になってしまった。まるで彼の気持ちが離れたよう。
(なにか、いけないことを言ってしまったのだろうか)
不安になり彼の顔を見上げる。その黒い瞳は相変わらず優しかった。

「やはり、まだ緊張しているようだ。少し慣れたかと思ったのだが」

「そんなことはありません、もう大丈夫です」

恐れなどない、もう覚悟は決まっているのだから――だがもう彼はその腕に自分を抱くことはしなかった。

「焦ることはない。もう私たちは夫婦になったのだ。お互いのことをあまり知らぬまま……ゆっくり、本当の夫婦になればいい」

布団の中で彼が手を繋いでくれた。大きな掌は相変わらず温かい。

「あなたは私を愛しているか？」

結婚式の時に尋ねたことを、再び口にする。

「はい……」

そう答えるしかない。もう結婚したのだから。

隣で彼が笑う気配がした。

「本当に？」

「どうして疑うのですか」

段々腹が立ってきた。これ以上自分になにをしろと言うのだろう。

「あなたは一族のために身を捧げたのではないか？　本当に私に惚《ほ》れているわけではないだろう」

思いも寄らぬ言葉だった。今さらなぜそんなことを……。

(ジャンネド様だって、そうではないですか)

キオラの子を使ってアレッシオーレを征服する、そのために自分を娶《めと》ったのではないか。

そう言いたかったが、怖くて言葉にできなかった。

彼に嫌われるわけにはいかないから。

(私の言葉一つにキオラの運命がかかっている)

もし嫌われて、離婚となったら別の夫を探さなければならない。

また自分を晒して、売り物にしなければならないのだ。

(もうあんなことはしたくない)

「ジャンネド様」

レサーリアは自分から彼に近づき、頬に手を当てる。

「私は、あなたを、愛しております」

はっきりと言った。これ以上自分が差し出せるものはない。

彼の目は、相変わらず優しかった。

「私もだ」

そして——そのまま顔を天井に向けると目を瞑ってしまった。

「明日は我がサイセンを案内しよう。田舎だがいい国だ。皆も新しい王妃を歓迎してくれるだろう」

(まだ王の妻になっていないのに、王妃になれるだろうか)

不安しかなかった。自分の手を握っているその力に縋《すが》るしかない。

(私のなにがいけなかったの?)

心当たりはある。だがそのことを彼が知っているはずはない。

(それとも、外から見たらわかってしまうのだろうか……私の異常さが)

自分は本来、生まれるはずのない子供だった。

キオラ王国のため産み出された化け物。

(あなたにはそれがわかるの?)

強い肉体を持った健康な男には、自分の闇が見えるのだろうか。

彼に自分のほうを向かせるには、どんな方法があるのだろう。

(どうしたらいいの)

まるで蔦《つた》に絡まれたかのように、レサーリアは身動きが取れなかった。


三日間続いた婚礼の宴会が終わり、マッシオたちキオラの人間は自分たちの土地に帰っていった。自分の側に残るのはコッサ一人だけだった。

「やはり田舎ですね、ジャンネド様はこの国の王なのにあんな平民のような服で、貴族の奥方もあんな短い裾のドレスを着て」

確かにジャンネドは宴会が終わった次の日から普通のシャツとズボンに変わってしまった。

王宮にいる他の貴族の奥方もドレスではなく、短い裾のワンピースで勢いよく歩き回っている。

「キオラ王国では皆毎日美しい金糸の衣を着ていたのですよ。姫君は城の中でも輿で移動するほどしとやかだったのに」

コッサは十歳でキオラ王国の下働きとして買われ、往年のことを知る数少ない人間だった。兄のマッシオもアレッシオーレのことは知らない。

「レサーリア様、ここでの生活に慣れてはいけません。私たちだけでも貴族らしい生活をいたしましょう。そのうちここの田舎者も見習うようになるでしょう」

コッサは言葉通り、城の中でもレサーリアを輿に乗せて移動させた。四人の男が輿の棒を持って担いでいる。皆にじろじろと見られて恥ずかしくて仕方がない。

「コッサ、降ろしてちょうだい。私は歩けるわ」

「いけません、姫……いいえ、奥方様は自分のおみ足で歩かなくてもいいのですよ」

輿に乗ったままジャンネドのもとを訪れると彼の顔がぎょっとした表情になる。

「どうしたのだ？　具合でも悪いのか」

そう思われても仕方がない、レサーリアは恥ずかしさのあまりうつむいた。

「奥方様は自分の足でお歩きになりません。これがキオラ流ですわ」

コッサが権高に宣言した。するとジャンネドが近づいてくる。

「そうだったのか。では私がいつも抱えて歩くことにしよう」

輿からレサーリアを抱え上げると、最初に出会った時のように肩に座らせて歩き出した。

「お待ちください、国王陛下がそんなはしたないことを……！」

コッサは慌てて追いかけるが、ジャンネドはそのまま城の外へ出ていく。

「領地の見回りに行く。お前も来なさい」

「はい……」

黒い馬が待っていた。ジャンネドはいったん妻を降ろして馬に跨がると、レサーリアに手を伸ばす。

「台に乗ってこちらへおいで」

戸惑っていた。

「私は……馬に乗ったことがないんです」

近くで見るジャンネドの黒い馬は恐ろしく大きく、近寄るだけで怖かった。

「レサーリア様は馬にはお乗りになりません！　外に行くのなら覆いのある輿を持ってまいります」

コッサは慌てて外用の輿を持ってこさせようとする。大きな箱のような形で、小さな窓だけが外界への扉だ。外に出る時は決まってそれに乗せられていた。

だがジャンネドはそれを止めさせる。

「妻は私が連れていく。わざわざ四人もいらない」

使用人たちは王とコッサの顔を交互に見て当惑しているようだ。彼らはもともとジャンネドの部下なので、どちらの命令を聞くべきか迷っているようだ。

「……私は、ジャンネド様と一緒に行きます」

レサーリアは台に乗って馬に一歩近づいた。黒馬は大人しくじっとしている。ジャンネドは細い腰を摑んで彼女を軽々と自分の前に乗せる。

「いい景色だろう。この馬はサイセンでも一番大きな馬だ。それに賢い」

彼が馬の首筋を撫《な》でると大きな鼻息が聞こえた。

「さあ、行こうか。力を抜いてただ揺られていればいい」

そのまま出発しようとしたレサーリアたちにコッサが慌てて駆け寄る。

「お待ちください！　レサーリア様は日に当たるとお肌が赤くなってしまうのです。お姿を晒すのは危険ですわ」

レサーリアの白い肌は赤ん坊のように弱かった。ほんの少し日に当たっただけでも赤く腫《は》れ、何日も寝込んでしまう。

「それはいかん。誰か布を持ってきてくれ、できるだけ丈夫なものだ」

どこかから麻布が運ばれてきた。ジャンネドはそれでレサーリアをすっぽりと包む。生成りの麻布はごわごわと固く、少し草の匂いもする。

「そんな汚い布を……」

下から見上げているコッサは不満そうだったが、レサーリアは心地よかった。すっぽりと包まれたままジャンネドの胸に抱かれて馬に揺られていると、まるで赤ん坊に戻ったようだ。

（温かい）

彼の体温に触れていると安心する。

（本当に、愛されていたらいいのに）

昨夜、ジャンネドは自分を愛していると言った。

（それはどういう意味なの？）

高貴なキオラの女だから、サイセンを発展させるから。

だから自分を愛しているのだろうか。

（それとも）

自分のことを本当に愛しているのだろうか。

（でも、それなら抱くはずだわ）

初夜なのに二人は並んで眠っただけだった。もし本当に愛していたら、最初から求めるのではないだろうか。

（わからない）

彼がなにを考えているか、わからなかった。

馬に揺られている間に農地に出た。サイセンは軍事国家という印象だったが、こうしてみると農業も栄えているようだ。秋なので畑を耕し、小麦の種を蒔《ま》いている。

「あ、王様だ！」

「陛下結婚おめでとうございます」

「我々にもワインを分けていただきありがとうございました」

驚いたことに、農民たちは国王であるジャンネドを見つけても手を止めてお辞儀をするでもなく、手を動かしながら気軽に声をかける。ジャンネドも手を上げて彼らに答えている。

「ありがとう、皆も励んでくれ。今年は冬が早いようだ」

一人の子供が馬の側に駆け寄ってきた。

「その人が王様の奥さんですか？」

布に包まれたレサーリアの顔を覗き込もうとする。どうしたらいいのかわからずジャンネドにしがみついてしまう。貴族の女は気軽に顔を見せないよう躾《しつ》けられていたからだ。

「レサーリア、もしよかったらあなたも顔を見せてあげて欲しい」

そう言われてもまだ戸惑いがある。彼の胸に顔を寄せて小さく首を横に振った。

すると、頭の上で小さく笑う気配があった。

「あなたはまるで小さな子供のようだ。困ったことに、そんなところが可愛《かわい》くて仕方がない」

(可愛い？)

彼の言葉にドキンとする。胸の鼓動が速くなった。

(馬鹿みたい、こんな言葉だけで)

可愛いだなんて、まるで子供扱いだ。だから彼は自分を抱かないのだろうか。

抱かれた胸の中からそっと上を見上げる。自分を見下ろすジャンネドの目は、母のように優しかった。

(もしかすると)

ジャンネドは、少しは自分のことを好きなのだろうか。

あの愛の言葉は、本物なのだろうか。

(もしそうだとしたら)

どんなに嬉しいことだろう。思わず彼に笑いかけようとしたその時。

遠くから馬の蹄《ひづめ》の音が聞こえた。

(なに?)

そっと前を見ると、五頭ほどの騎馬の人間がこちらへ向かってくる。先頭にいるのは束ねた黒髪の先を風になびかせた女性だった。

(女の人が馬に乗っているの?)

レサーリアの知る限り、馬に乗るのは男性だけだった。女はドレスやワンピースを着ているので馬に跨がったら足が丸出しになってしまう。

だが先頭を走る女性は男性のようなズボンを穿《は》いている。まだ若い。

「ノダラ!」

ジャンネドがその女性に向けて声をかけた。その名前に聞き覚えがある。

(確か、ジャンネド様の妹だわ)

ジャンネドには一人妹がいる。だがその人物は婚礼の席にいなかったのだ。いぶかしく思いながらそのままにしてあった。

（この人がノダラ様なの？）

ズボンを穿いて馬に跨がっている姿は、とても王国の姫には見えなかった。肌が焼きすぎたパンのように焼けている。

「お前は今までどこへいたのだ、私の婚礼にも出ないで」

ジャンネドの叱責にもノダラと呼ばれた女性は平気なようだった。

「侍女が悪いんだ。兄上の婚礼だからといって私にまでドレスを着せようとした。あんなひらひらした恰好《かっこう》はごめんだね」

口調もまるで男性のようだ。

「その代わり、祝いの品を狩ってきたんだ。こいつがなかなかしぶとかったから手間取った。お受け取りを」

ノダラの後ろにいた栗毛《くりげ》の馬が前にやってきた。その背に乗っているのは巨大な猪《いのしし》だった。その体には何本もの矢が刺さっている。

「きゃ！」

レサーリアは思わず悲鳴を上げた。ジャンネドがその体を強く抱きしめる。

「北の森で一番大きな猪だ。兄上の結婚祝いにふさわしいだろ？　今夜は猪の丸焼きで宴会だ」

ノダラの仲間たちが歓声を上げる。その声が恐ろしくてレサーリアはますます縮こまった。

「よさないか、レサーリアが怖がっているだろう」

するとノダラが馬に乗ったまま近づいてくる。

「義姉上《あねうえ》、初めまして。お顔を見せてください。真珠姫と言われるその美しい姿を」

レサーリアは体に布を巻きつけたまま、顔だけ恐る恐る出した。それを覗き込んだノダラは目を丸くする。

「驚いた、確かに美しい、なんという肌の白さだ」

ジャンネドの手がレサーリアの顔を隠すように覆った。

「もういいだろう、話は王城でゆっくりしよう」

馬を戻して帰ろうとするジャンネドの前にノダラの馬が立ち塞がった。

「義姉上、どうしてそんな布を被っているのですか。その美しい姿をもっと皆に見せてください」

そう言うと腕を伸ばして麻布を強引に引き剝《は》がす。

「きゃああ！」

長い金髪が風に舞う。細い肩やうなじも露わになった。ノダラの仲間たちが周りを取り囲む。

「これがキオラの女か」

「まるで外に出たこともないような肌だな」

「床上手というのは本当だろうか」

侮辱するような言葉にレサーリアはかっと頬が赤くなった。慌ててジャンネドが布をかけてくれる。

「ノダラ！　乱暴な真似《まね》はやめろ。どうしてそんなことをするのだ」

ノダラの目が吊《つ》り上がる。

「兄上が色と欲に迷ってそんな女と結婚するからだ。私たちはアレッシオーレなど欲しくはない」

はっとした。彼女は、国王の妹はこの結婚に反対なのだ。

「色と欲ではない！　無礼はやめろ」

「無礼なのは兄上ではないか。国にいくらでも女がいるのにわざわざ外から女を連れてきた。その女がいればアレッシオーレを手に入れられるというが、使われるのは我々サイセンの兵だ。そんな女のためになぜ我が国の男が命をかけなければならないのだ」

ジャンネドが言葉に詰まる。ノダラはさらに言葉を続けた。

「確かに美しい女だ。だがそんな女の色香に迷う兄上ではない。国を強くするためかもしれないがやめておけ。そんな細い女からでは弱い子供しか生まれないぞ」

（もう、嫌）

耐え切れなかった。身をよじるようにしてジャンネドの腕から逃れ、落ちるように馬から降りた。

「レサーリア、どこへ行くのだ」

ジャンネドの声を無視して城のほうへ歩き出す。すると前方から聞き慣れた声が聞こえてきた。コッサが輿を持って追いかけてきたのだ。よろよろとレサーリアはそちらへ歩み寄った。

「ああ、姫様、なんてお可哀想《かわいそう》に」

コッサの『姫様』という呼び方が今は懐かしかった。乗り慣れた輿に入る。窓も小さく、周囲の視線から守ってくれる。

「待つんだ、レサーリア」

追ってくるジャンネドの言葉も聞きたくなかった。薄暗い輿の中でレサーリアは耳を塞ぐ。

(色と欲で選んだ女)

(床上手のキオラ女)

そう思われていることに耐えられなかった。

(あの人も、それで私を選んだの)

アレッシオーレが手に入るから、美しいキオラの女だから。

自分が金の髪と白い肌を持っているから。

だから妻にしたのか。

(私が選んだわけではないのに)

古きキオラの血を濃く受け継ぐ者として産み出された。

それは自分にとって呪いだった。生まれた時からかかっている呪い。

(私は一生、ここから逃げられない)

窓のない輿で運ばれ、どこに行くかもわからない、そんな生き方しか知らなかった。

遠くから宴会の声が聞こえる。ノダラの獲物である大猪を料理して皆が宴会をしているのだ。

レサーリアは気分が悪いと言って最初から出席せず、寝室に閉じ籠もっていた。

サイセンの人間は酒好きだ。一度宴が始まると三日は続くらしい。

「本当に下品な人たち。男も女も入り乱れて大騒ぎしているのですよ。姫様はあんなところに行かないほうがいいですわ」

コッサの呼び方はいつの間にか『姫様』に戻っている。

「私はもう姫ではないわ。結婚したのだもの」

「でも、まだ本当には……」

コッサが言いかけてはっと口を押さえた。自分とジャンネドが本当の夫婦になっていないことを知っているのだ。

「申し訳ございません。でも私は少しほっとしているのです。まだレサーリア様はあの蛮族に汚されてはいない」

(汚される)

自分は彼に抱かれたら汚れるのだろうか。そもそも、自分は清らかなのか。

金の髪、真っ白な肌、小さく作られた顔、誰もが自分を美しいと言う。

(でも、私は)

美しくはない。この身に毒を秘めている。

人を殺す蛇が美しい、自分の容貌はそういう種類のものだ。

(私のせいでサイセンの人間が死ぬ)

アレッシオーレに攻め込めば、たとえ勝っても無傷では済まない。ノダラの言葉は正しいのだ。

その時、寝室の扉が叩《たた》かれた。

「気分はどうだ」

ジャンネドが現れた。ワインを飲んだのか少し顔が赤い。

「肉はあまり好まないと聞いたが、これはどうだ。林檎を猪の脂で焼いたものだ」

彼が持ってきた椀《わん》の中には煮崩れた林檎が入っていた。一匙《ひとさじ》掬《すく》って食べると甘みと脂が食欲を呼び起こす。

「……美味《おい》しいです」

「それはよかった。食べられそうならもっと持ってこさせよう」

パンやチーズ、猪肉の柔らかいところが持ってこられた。不思議なくらい食欲が旺盛だ。

「まあ、姫様がそんなにお肉を食べられるなんて」

肉が嫌いなのではない。キオラの暮らしでは貧しくて固い干し肉しか食べられなかったからだ。痩せた土地だったので狩りも小さな兎《うさぎ》くらいしかいなかった。

サイセンのパンもチーズも美味しかった。いや、キオラの暮らしが貧しかったのだ。ここに来てようやくそれを実感した。

「……今日は、勝手に帰ってしまってごめんなさい」

すんなりと謝罪の言葉が出た。

「いいや、謝らなければならないのは私のほうだ。妹が無礼なことを言った、許してくれ」

近くで聞いていたコッサが目を吊り上げる。

「なんですって？　陛下の妹君が姫様になにを言ったのですか？」

彼女の発言をコッサには聞かせたくなかった。知ったらきっと怒り狂うだろう。

「……コッサ、しばらくジャンネド様と二人きりにしてちょうだい。宴会でご馳走を貰《もら》ってくるといいわ」

彼女は不満げに、それでも大人しく出ていってくれた。寝室の中でレサーリアはジャンネドと二人きりになる。

遠くから大きな笑い声が聞こえた。なにかが壊れる音もする。

「サイセンの人間は、よそ者が嫌いなのだ」

ぽつんとジャンネドが言った。

「戦いの中では仲間しか信じられない。兵隊としての暮らしの中で、サイセンの人間しか信用しない。代々の王妃もサイセンの女だった」

彼の黒い瞳がじっと自分を見つめる。

「ノダラのことはすまなかった。だが彼女や他の者も、他国の人間に慣れていないのだ」

サイセンの人間は皆黒髪に黒い瞳、肌も日に焼けていた。その中にいる自分は烏《からす》の中の白鳥のようだ。

「私は、その風習を変えたいと思っている」

突然の告白にレサーリアははっとした。

「サイセンの人間も、もっと外に出ていくべきなのだ。今他の国は大きく変わっている。巨大な船を作って遠くの国と交易をしている。私はサイセンもそこに加わっていけたらと思っている」

(そうだったの)

サイセンは周囲を山に囲まれた国だ。もしアレッシオーレを手に入れたら、自前の港を持つことができる。大きな船で遠くへ行くことができる。

(だから、私と結婚したのね)

自分のせいで兵が死ぬと思わなくてもいいのだ。だって、それはジャンネドの欲望なのだから。

(私は彼の道具なのだ)

マッシオはキオラ王国再建のために自分を使った。ジャンネドは国を大きく拡《ひろ》げるために自分を使う。

どのみち、自分は誰かの道具でしかない。急に胸が詰まり、食欲が消えていく。

「どうしたのだ？　もういらないのか」

レサーリアは無言で盆を押しやり、彼の顔をじっと見つめる。

「早く、私をあなたの妻にしてくださいませ」

彼の表情が困惑に変わった。

「もう、妻になったと思っていたが」

「そういう意味ではありません、おわかりでしょう」

思い切って彼の胸に飛び込む。がっしりとした上半身はレサーリアの体がぶつかってもびくともしない。

「私たちがまだ、ということは皆知っていますわ。早く、皆を安心させなければ」

すると体に長い腕が絡みつく。

(とうとう)

抱きしめられながら顔を上に持ち上げられた。長い睫の、黒い瞳。

(私は、好きなのに)

ジャンネドのことが好きだ。

抱きしめられると心地いい。

だが、彼は自分を道具としか思っていない。

一方的な気持ちが悲しかった。

「どうして、そんな表情をする？」

「え？」

「私に抱かれていても、寂しそうだ」

それは、あなたが私を愛していないから。

言葉の代わりに涙が溢《あふ》れた。

「……仕方がない、あなたはキオラのために私に嫁いだのだから」

(え？)

その意味を考える間もなく、口づけをされる。

「だが、そんなに焦ることはない。こんな細い体で」

抱きしめている手がゆっくり下に下がっていく。レサーリアの小さな尻は彼の手の中に収まってしまいそうだ。

「ゆっくり夫婦になりたいのだ。身も心も」

(私の心まで欲しがるのですね)

愛していないくせに。

それなのに、抱きしめられると体が溶ける。

何度もキスをされ、寝間着を肩から脱がされる。

「あ……」

細く尖《とが》った肩にも口づけをされた。薄い皮膚を通して温かな感触が骨に伝わる。

「華奢《きやしや》な体だ、抱きしめたら折れてしまいそう」

はだけた襟の中に彼の掌が滑り込む。とうとう胸の膨らみに指が触れた。

「ああっ……」

細い胴には不似合いなくらい、レサーリアの乳房は豊かだった。長い指がその膨らみを揉《も》みしだく。

「や……」

不思議な感触が湧き上がった。全身の血が熱い。なにも考えられなくなる。

「ひあっ……ああっ……」

硬くしこる先端を不意に摘《つ》まれて、思わず悲鳴を上げてしまった。そこはもう酷《ひど》く敏感になっていて、ほんの少し擦《こす》られただけで感じる。

「あ、ん……や……」

ずきん、という戦慄と共に全身が震える。何度も摘まれて、そのたびに快楽が駆け抜けた。

「よかった、ちゃんと感じるようだ」

ジャンネドの言葉にはっと正気に返る。

『キオラの女は床上手』

嘲《あざけ》るような男の言葉が蘇《よみがえ》った。ジャンネドも自分のことを淫らな女と思っているのだろうか。

思わず体を引く。ジャンネドの手が肌から離れた。

「どうしたのだ?」

自分の気持ちを言い表せない。

(嫌われたくない)

初めてなのに感じるなんて、きっと淫乱と思われた。

自分の体が恥ずかしくて、みっともなかった。

「やはり、嫌なのか?」

首を横に降った。また涙が零《こぼ》れる。

「では、なんだ」

なんと言ったらいいのだろう。

自分はどうふるまったらいいのだろう。

『姫様は旦那様にすべて任せればいいのですよ』

結婚生活についてコッサに尋ねても、彼女は恥ずかしそうにそう言うだけだった。もっと詳しく聞けばよかった。

「……どうしたらいいのか、わかりません」

しゃくり上げながら、ようやくそれだけ言えた。

「なにもしなくていいんだよ」

ジャンネドの手が優しく頭を撫でてくれる。

「でも」

彼に触れられると勝手に体が動いてしまう。それははしたない行為なのではないか。

「感じたなら、感じたように動けばいい。感じてないならそのまま、痛かったら教えてくれ。あなたの思うままにすればいい」

『感じたまま』

それはレサーリアにとって一番縁のない言葉だった。

自分が自分で考えて動いたことなどあったろうか。

いつも周囲の人々のために生きてきた気がする。

(私はどうしたいの?)

ジャンネドの手が背中に回る。

その温かさが心地よかった。

(もっと触れて欲しい)

彼の手に、触って欲しい。それが今自分の望むことだ。

「このまま……してください」

彼の胸に体をゆだねる。広い胸板に耳をつけた。

体の奥から鼓動が響いている。その音が速いことにレサーリアは喜びを感じた。

「あなたは美しい」

寝台に横たえられ、寝間着を脱がされる。とうとう彼の前で全裸になってしまった。

「私と同じ人間とは思えない。こんなに柔らかな肌、骨も細くて鳥のようだ」

ジャンネドも寝間着を脱いで、隣に横たわる。体の幅が倍ほども違う、逞しい肉体だった。

(あなたも)

ジャンネドも美しい、そう言いたかった。馬のような筋肉は張りつめていて、腹は平たく引き締まっている。

(愛していいのですか)

健やかに育った、美しい男。

彼に自分はふさわしいだろうか。

長い指が再び乳房に触れた。

「あ、ん……」

大きい手は、しかし意外に繊細な触れ方をした。自分の体が彼の指によって形を変えていく。

「柔らかい、手が吸いついてしまいそうだよ……」

耳元で囁《ささや》かれると力が抜けていく。乳房を揉まれながら、先端を舌で包まれた。

「ああんっ……!」

今まで味わったことのない、強烈な快感がレサーリアを包んだ。ジャンネドの舌は小さな蛇のように乳首に絡みつく。

「ひあ……ああ……」

ぬるりとした感触にレサーリアは悶絶《もんぜつ》する。勝手に足先が震えてしまう。

「や、や……」

片方の乳首を嘗《な》めながら、ジャンネドの手はもう片方の胸も弄《もてあそ》んだ。大きな乳房を揉みながら、先端を摘まみ上げる。

「そんな、凄《すご》い……！」

同時に両方の乳首を刺激されると、もう声を我慢できなかった。腰が勝手にびくびくっと震える。

「やっ、ああ……」

彼の唇が丸い乳首をすっぽりと包み、ぬるぬるとした粘膜でねっとりとしゃぶる。レサーリアの唇からはもう、か細い悲鳴しか出なくなった。

「可愛いよ、レサーリア、私の妻」

彼の手が腹から下へ降りていく。ゆっくりと腿《もも》が開かされた。

(あ)

初心《うぶ》なレサーリアも、この先なにが起こるのかは知っていた。自分のそこが男性と繋がるのだ。

(でも、どこに？)

自分の中にそんな場所があるとは思えなかった。足の間に彼の指が滑り込む。

「ひ……」

誰にも触れさせたことのない場所に、指の先端がかかる。

「まだ、閉じているようだ」

ジャンネドはいったん体を起こすと、レサトリアの足を大きく開かせその間に入った。

「なにをするのですか……？」

「ここを見せてごらん」

「嫌、恥ずかしい……」

一番見せたくない場所だった。そこがどうなっているのか、自分でもわからない。だが彼の手はもうすでに腿の付け根を押さえている。

「少し恥ずかしくても我慢してくれ。あなたを私のために作り変える」

(どういうこと)

自分の身になにが起こるのだろう。レサーリアには想像すらできなかった。

「怖かったら目を瞑っていればいい。痛かった時だけ教えてくれ」

もうレサーリアは逆らわなかった。目を瞑り、彼のするままに任せる。

足は想像よりずっと大きく開かされた。一度も空気が触れたことのない場所だった。

そこに彼の指が触った。

「あ……」

大きく開かされた谷間は空気に触れて冷たい。そこに熱い息がかかる。

「やうっ……！」

彼の口がすぐ側にある、それがわかって思わず足を閉じようとした。

だが彼の体はすでにしっかり足の間に入り込んでいて、離れなかった。

「や、あ……」

一番恥ずかしいところに口づけをされた。信じられない行為だった。そのまま彼の唇が谷間を開いていく。

「ひゃう……」

舌で触れられると、そこが急に熱を持ってきた。まるで魔法のようだ。

「やあ……」

固く閉じていると思っていた肉体が、柔らかくほぐれていく。

「あなたの体は、美しい」

ジャンネドにそう言われると、全身が歓《よろこ》びに包まれる。

(信じていいの？)

国のための道具ではなく、妻として思ってくれていると。

ただの情欲ではなく、心から愛していると。

(あなたを信じたい)

体の一番恥ずかしいところを見せているのに、信じられないのはつらい。

今だけでも、彼に愛されていると思いたかった。

「力を抜いて……」

ぬるりと舌先が奥へと入ってきた。びくっと腿が震える。

(そんな先まで)

自分の中に、そんな空間があるなんて知らなかった。ジャンネドの舌先は小さな花弁を痛めぬよう、ゆっくりゆっくり這《は》い回る。

「あ、ああ……」

どこも柔らかな肉の中で、一ヵ所固く膨らんでいる。そこを舌先がかすめると、腰が跳ねるほど感じてしまう。

「ひっ……」

それは甘く鋭い、背中を刺し貫く刺激だった。

「感じるか？」

「感じる……？」

「女もここで感じるのだ。何度も刺激すると男のように大きくなって、体が濡《ぬ》れる。そうなった女の体はようやく男を受け入れることができる」

聞いたこともない話だった。

「私が……男みたいになるのですか」

思わずそう尋ねるとジャンネドが噴き出した。

「そうではない、あなたはその体のまま、ただ大人になるだけだ。もう少し我慢していてくれ」

混乱したままレサーリアは再び力を抜いて横たわる。ジャンネドはしっかりと彼女の腰を掴むと、さらに強く唇を押し当てた。

「やうっ……あ、あ、……！」

彼の唇の中で、自分の核が大きくなっていく。体が変わっていく――。

「や、駄目、なの……」

変わるのが怖い、自分はどうなってしまうのだろう。

「痛いか？」

「いいえ、でも……」

「なら、もう少し堪《こら》えてくれ、怖くないから」

この先になにがあるのだろう。レサーリアはただされるがままになるしかない。

「あっ、あ、ああ……」

分厚い舌の上に、自分の核が乗っている。真珠のように転がされる――。

「ひゃうっ……！」

それは急に訪れた。肉体が急激に熱くなって、弾《はじ》け飛ぶ感触があった。足が勝手に痙攣《けいれん》してしまう。

「あ、あ……ああっ」

血が湯のように熱く、どくどくと駆け巡った。痙攣が収まると一気に脱力する。初めての経験だった。

「気持ちよかったか？」

尋ねられても答えられない。それほど強烈な体験だった。

「少し柔らかくなったようだ。ほら、これほど濡れている」

彼の指がまだひくついている花弁の中心に触れた。そこはまるで溶けたバターのようにぬるついている。

「あ……」

指先がゆっくり中に入っていく。自分の体が開かれる――。

「やっ」

思わず足を閉じてしまった。濡れてはいるが、かすかに痛みが走る。それより未知への恐怖が大きかった。

（あ）

しまった、と思った。ジャンネドの顔が心配そうに覗き込んでいる。

「一度達すれば大丈夫かと思ったが、まだきついようだ。痛くしてすまなかった」

自分の中に入り込んでいた指はすっと抜けた。そのまま彼は自分の隣に寝ころぶ。

「きちんといけたから、きっと大丈夫だ。ゆっくり慣れていこう」

レサーリアは混乱した。夫婦のことは、これで終わりではないはずだ。そのくらい自分にもわかる。

その証拠に、自分の足には固い棒のようなものが当たっている。これが男の欲望のはずだった。

「これで、終わりなのですか？」

彼の胸に抱かれながらレサーリアは不安だった。

(私の体がおかしいのだろうか)

自分の見えないところまで彼は見ている。なにか、女として駄目なところがあったのだろうか。

不安げに見上げるレサーリアの額にジャンネドは優しくキスをした。

「あなたの体はまだ大人になりかけだ。何度も愛撫《あいぶ》して、柔らかくしてからではなくては痛いだろう」

「痛くても、かまいません！」

最初は苦痛だと聞いている。そのくらい覚悟しているのだ。

「ジャンネド様の妻になりたいの。もう結婚したのに、どうして……」

感情が溢れ出して、彼の胸で泣いてしまう。長い腕が優しく抱きしめてくれた。

「どうしてそんなに急ぐのだ？」

胸がずきっと痛んだ。後ろめたさを知られているようだ。

「……だって、結婚とはそのためのものではないですか」

二つの国の人間が結婚して子供を作る。それが自分たちの目的のはずだ。

レサーリアはキオラ王国の再建ができる。ジャンネドはサイセンの影響力を拡げることができる。

そのためにはどうしても子供が必要なのだ、二人の血を結びつける存在が。

レサーリアは恐る恐る、彼の徴《しるし》に触れた。それは指を弾くほど力強く、びくんと跳ねる。

（私を欲しがっている）

これほど欲望が溜《た》まっているのに、自分を抱かない理由があるのだろうか。

（まだ、迷っているのだろうか）

自分たちの繋がりを強固なものにする、最後の一歩を踏み出さない理由があるのだろうか。

レサーリアは彼のものをさらに強く握りしめてみた。落ち着いているジャンネドとは違い、それはびくびくと痙攣している。

「……そんなに触ってはいけない。我慢できなくなってしまう」

苦笑しながらジャンネドはレサーリアから離れ、どこかへ行こうとする。慌ててその背を追いかけた。

「どこへ行くの？　一人にしないでくださいませ」

子供のように縋りつくレサーリアの体を、振り返ったジャンネドが抱きとめる。

「あなたという人は……少女のようなのに恐ろしく蠱惑的《こわくてき》だ」

抱きしめられ、深く口づけをされた。

「そんなふうに男を誘ってはいけないよ。真珠のような体を傷つけたくない。私を罪人にしないでくれ」

ジャンネドの言っていることがよくわからない。

ただその逞しい体に抱きついているしかない。

「どこにも行かないで、お願いよ……」

泣きじゃくるレサーリアをジャンネドは再び寝台に連れていくと横たえる。全身を毛糸の毛布で包んだ。赤ん坊に戻ったようだ。

「私はどこへも行かない。すぐに戻ってくるから待っていておくれ」

涙をぬぐわれ、何度もキスをされる。ようやくレサーリアは頷いた。

「早く戻ってらしてね、きっとよ」

頬をジャンネドの掌が包む。

「本当に可愛い人だ、私の宝物だ」

(可愛い？)

それは愛情と思っていいのだろうか。国のための道具としてだけではないと。

(でも、どうして抱いてくれないの)

今夜こそ、彼のものになると思っていた。

早く子供を作らなくてはならないのに。

(あの方がわからない)

この上なく優しく、快楽も与えてくれるのに最後までしようとしない。

男性のそんな行動は想像の外だった。

(私はどうふるまえばいいの)

悩みに沈むうちに、急激な眠気が襲ってきた。

気がつくとすでに朝で、隣にはジャンネドが軽い寝息を立てている。

欲望の徴はすでに小さくなっていた。

三　心触れ合って

夫であるジャンネドは優しかった。朝起きるとまず彼の瞳を見る。自分が自然に目を覚ますまで見つめているのだ。

「まるで人形のような唇だ。内側がほんのりと桃色で、花弁のよう」

眠っているところを観察されていたことが恥ずかしくて顔を覆うと、その仕草すら愛《いと》おしいらしい。

「本当に純真な心を持っているのだな。蝶《ちょう》が姿を変えた女なのか」

(純真だなんて)

とても自分のことをそんなふうには思えなかった。夫であるジャンネドに対して大きな隠し事をしているのに。

「今日は森に連れていこう。サイセンの民が最初に暮らした場所だ」

また大きな布に包まれ、ジャンネドに抱かれて馬に揺られる。コッサはいい顔をしなかったが輿に乗るより心地よかった。

(まるで、愛されているようだわ)

未来に対する不安も恐怖も、彼に抱かれている間だけは忘れられた。自分は幸せな花嫁なのだ――そう思うことができる。

「サイセンの先祖はもともとアレッシオーレの傭兵たちだ」

それは自分たちより五代前の話だった。キオラ王国がまだ隆盛を極めていた頃だった。

「命をかけて戦っても貰えるのは金だけで、守るべき土地は与えてくれなかった。根なし草の生活に嫌気が差した軍人、タオが部下とその家族を率いてこの土地までやってきた」

タオは誰のものでもなかった山地を切り開き、農村を作った。貧しい生活だったが傭兵で稼いだ金を注ぎ込み、徐々に開拓地を拡げていった。

「この国は貴族ではなく、兵士たちが作ったものだ」

ジャンネドはタオの直系だった。森の中に入ると、小さな墓がたくさん並んでいる。

「ここが祖先の墓地だ。戦闘で死んだ者はここにまつられる。開祖タオと共にサイセンの守り神となるのだ」

小さな石の一つ一つに名前が刻まれていた。中央にあるタオ・グロッケンにレサーリアは手を合わせた。

「私もいつか、ここに葬られる」

まるですでに決まった未来であるかのようにジャンネドが呟《つぶや》いた。レサーリアの胸がちくりと痛む。

「……戦争で死ぬとは限らないではないですか」

ジャンネドは指揮官だ。戦闘で死ぬとは限らない。だが彼は優しく微笑む。

「命を惜しむ指揮官に兵士はついてこない。私が先頭で走るからこそ皆命を投げ出してくれるのだ」

胸が痛んだ。彼が死ぬのは自分の、キオラ王国のためだ。アレッシオーレ奪還のためサイセンは戦う。

「私の、せいですね」

ぽつりとそう言うとジャンネドは彼女の前に跪く。

「いいや、あなたのせいではない。私が選んだのだ、アレッシオーレとの戦いを」

「なぜ」

彼にも領土を拡げたい野心があるのだろうか。そうは見えないのだが。

「サイセンは強く、豊かになりすぎた」

ジャンネドがぽつんと言った。

「山奥の小国であれば捨て置かれたのだが、すでにサイセンの力は周りの国々に脅威を与えている。いつなんどき攻め込まれ、属国にされるかわからない」

マッシオから似たような話を聞いたような気がするが、レサーリアにはよくわからぬ政治の話だった。

「どこかの国のしもべとなるくらいなら、いっそアレッシオーレを押さえて強大な国になったほうがいい。それが私の役目だろう」

（そのために）

自分を娶ったのだろう。

アレッシオーレ攻略にも口実が必要だ。古き血のキオラ王国を取り戻す、それがサイセンには必要なのだ。

(でも、私は)

快楽を与えられ、もう心は半ば奪われたも同然なのに。

(まだ抱いてもくれない)

彼の妻になり切っていないのだ。

「あなたをきっと、アレッシオーレの空中庭園に連れていくよ」

そう言われて。レサーリアはただ微笑むことしかできなかった。

その夜、レサーリアは褥《しとね》の中で全裸だった。

「あなたの体をよく見せて欲しい」

夫にそう求められ、薄い寝間着を脱がされる。

「ああ」

うつ伏せにされ、薄い背中に唇が這う。

「背骨がこれほど浮き出ている……」

背中の真ん中に滑らかな曲線が浮かび上がる。骨の一つ一つをなぞるように唇が触れた。

「や」

レサーリアの肌はもう、ジャンネドの仕草の一つ一つに反応するようになっていた。

「美しい肩だ」

丸い肩先にも口づけされる。首から伸びる骨に歯を立てられた。

「あう……」

軽い痛みはかえって快楽を煽《あお》った。ジャンネドの手が前に回って重い乳房を掴む。

「やあぁ……」

大きな掌にすら余るほどの膨らみを、彼の指がゆっくりと揉みしだく。先端の珠《たま》はもう痛いほど膨らんでいた。

「感じやすくなってきた……」

両方の乳首を同時につねられると、悲鳴を上げるほど感じてしまう。

「ひゃうっ」

きゅっきゅっと絶妙な力加減で何度も擦られる、乳首だけではなく胸全体が熱を持ったように熱かった。

「可愛いよ」

ジャンネドは胡坐をかく形で座ると、膝の中にレサーリアを背中から抱き寄せた。彼の徴が自分の足の間から出ている。

「私のものも、よく見てくれ」

それは小さな棍棒《こんぼう》のような形をしている。先端が丸く、ほの紅かった。

「ここから、男の精が出る。子供の種になるものだ」

棒の一番頭にある小さな窪《くぼ》み、レサーリアはそこに恐る恐る触れてみた。

「あっ」

そこから透明な液が出てきた。岩肌から染み出る湧き水のように透明だ。

「あなたを、欲しがっている——」

そう耳元で囁かれると、気が遠くなるほど嬉しかった。

(私を求めている)

キオラの娘としてではなく、一人の人間として求められている、そう思いたい。

(最初だけでも)

今夜が二人の本当の初夜になるのだろうか、ならば、今だけでも愛されていると思いたかった。

「ジャンネド様……」

棒の根元には自分の谷間が触れている。肉棒に擦られてそこはすでに熱く疼《うず》いていた。

「気持ちいいか？」

知らず知らずのうちに足で彼のものをしっかりと挟んでしまっている。そうするとより快楽が増すからだ。

「はい……」

恥ずかしくて仕方がない。だが、ここまで言えば彼はきっと抱いてくれるだろう。

「あなたの肉が、柔らかくて、私も気持ちいいのだよ……」

レサーリアの花弁が触れているところは彼も心地いいらしい。ジャンネドは自らの蜜を指に取ると、二人が触れ合っている箇所に潜り込ませた。

「やううっ」

肉棒に擦られてすでに膨らみかけていた小さな粒を、彼の指先が的確に捕えた。ぬるぬるとする粘液で擦られるとあっと言う間に膨張する。

「いやっ、あ……」

ジャンネドは右手で果肉を擦りながら、左手で乳房を持ち、乳首を摘まんだ。同時に二ヵ所を責められて、もう我慢できない。

「やうう……っ！」

彼の指の下で弾ける感覚がある。背中を快楽が突き抜けた。腿がぶるぶると震えて止まらない。

「今夜も達したようだ。いい子だな」

甘く囁かれてレサーリアはぐったりと彼に身を任す。

(今夜こそ)

彼のものを体に埋め込まれる、そして精を注がれる、そう信じていた。

自分の肉に触れている指が、そっと内側に曲がる。

「あ……」

彼の指が、中に入ろうとしている。それはずずっと奥に進んでいく。

「んっ」

本能的に体が強張る。指に自分の肉が絡みついて、収縮した。

(痛い)

でも、ここで苦痛を訴えればジャンネドはまたやめてしまうだろう。レサーリアは彼の腕を握りしめて必死で堪えた。

だが、彼の指はすっと抜かれ体は横たえられる。軽く布で体を拭かれると寝間着を着せられた。彼も寝間着を着て隣に横たわる。

「今夜はできるかと思ったが、まだ痛いようだね」

驚いた。どうして自分が痛がっていることがわかったのだろう。一言も漏らさなかったのに。

「そんなことはありません。もうできますわ」

子供のように駄々をこねる。また宙ぶらりんの状態で終わるのは嫌だった。

ジャンネドはそんなレサーリアをただじっと見つめる。

「あなたは……それほど強くアレッシオーレに行きたいのだね」

その顔はどことなく寂しそうだ。

(なにを言っているのだろう)

アレッシオーレを奪うことはサイセンの、ジャンネドの願いではないのか。この国を強くするために——だから弱い自分をわざわざ妻にした。

だから、二人の絆《きずな》を強固なものにしなければならないのだ。これはけっして自分だけの願いではないはずだ。

(それとも)

やはり、自分の体はどこかおかしいのだろうか。

『キオラの女は床上手』

という噂《うわさ》を真に受けているのだろうか。

もしかすると、最初からこれほど感じている自分がおかしいのか。

様々なことを考えすぎて、かえってなにも言えなくなってしまう。代わりに涙が溢れてしまった。

「どうして泣くのだ?」

「だって……」

自分が好きなほどには、ジャンネドに愛されていないから。

自分はもうすっかり、この逞しい夫に心を奪われてしまっているのに。

彼は未《いま》だ、自分の初めてを奪おうとしない。

抱いたらキオラとサイセンの契約が本当になってしまう、そう考えているのだろうか。

(どうしたらいいの)

「どうしたら、いいのですか？」

それだけ言うのが精一杯だった。ジャンネドは何度も頭を撫でる。

「前にも言ったが、急ぐことはないのだ。私たちはやっと夫婦になったばかり。あなたはやっと大人になったところなのだ。咲き始めの蕾《つぼみ》を無理に開かせると、花が傷ついてしまうだろう」

彼の説明はわかったような、わからないようなふわふわとしたものだった。

「ジャンネド様なら……」

自分を大人にしてくれるのではないか、最後の願いを込めて彼の手を握った。

夫はその手をそっと両方の掌で包んだ。

「見てごらん、こんなに大きさが違うのだよ」

彼は拡げた掌同士を合わせた。レサーリアの指はジャンネドの指の第一関節のところにしか届かない、それほど夫の手は大きかった。

「これほど体格の差がある。私が思うままふるまったらあなたを壊してしまいそうだ」

そのままジャンネドはレサーリアを抱きしめた。長い足を曲げ、母鳥のように妻を抱きしめる。

「あなたは私の大事な妻だ」

レサーリアは彼の胸に抱かれたままじっと低い声を聞いていた。

「私のもとで明るく、楽しく過ごして欲しい。望むのはそれだけなのだ」

(優しい方)

彼は優しい男なのだ。国のために娶った妻にもこれほど優しい。

(あなたの、本当の妻になりたかった)

道具ではなく、ただ愛し合う二人の男女として出会えたなら。

(でも、駄目ね)

自分はそんな運命のもとには生まれていない。

今だけの安らぎを求めて、レサーリアは夫の逞しい胸に頬を寄せた。


翌日、ジャンネドは遠くの領土へ視察に行くこととなった。レサーリアはコッサと共に王城に残される。

「ずっと部屋にいましょう。外には野蛮なサイセン人しかいませんわ」

時間をつぶす方法はいくらでもあった。綿から糸を引くことも、裁縫もレサーリアは上手《うま》かった。子供の頃から部屋の中で過ごすことしかできなかったからだ。

だが、レサーリアはなぜだか閉じ籠もっていたくはなかった。

「私は外に出ます。まだ王城の中のことをよく知らないもの」

「ええっ」

サイセンに来てからこの部屋と夫婦の寝室、それに宴会用の大きなホールしか知らなかった。王城はもっと大きいはずだ。

「私はこの国の王妃になったのよ。王城のどこにでも行けるはずだわ」

「は、はい」

いつになく強気のレサーリアにコッサは目を白黒させる。慌てて扉の外にいる衛兵になにか命じる。

「こんにちは、奥方様。私が国王陛下の代わりに王城をご案内いたします」

やってきたのは若い男だった。レサーリアと同じか、年下に見える。

「私はジャンネド様のお側に仕えているサダと申します。子供の頃から王城にいるので、どんな場所でもご案内いたしますよ」

若い男なのでコッサは警戒しているが、サダは男性の雰囲気が薄い人間だった。

「お前は宦官《かんがん》なのかい？　女性の召使いはいないのですか」

サダは大きな目をさらに丸くした。

「サイセンに宦官はいませんよ。女官は今農作業で忙しくて手が離せません。ジャンネド様がいないので私ならお相手ができます」

「王妃の相手より大事な仕事があるのですか！」

コッサは怒り出したがレサーリアはなんだか楽しくなってしまった。

「いいわ、サダ、あなたが案内しなさい」

まだぶつぶつと文句を言っているコッサと共に、レサーリアはサダと王城を歩く。彼の言った通り、廊下を歩く女官たちは忙しそうに早足で、自分を見ても軽く会釈するだけで立ち去ってしまう。

「貴人に会ったら立ち止まって深く会釈すべきなのに、サイセンは礼儀を知らないのでしょうか」

コッサはレサーリアに囁く。

「仕方ないわ。この国のやり方なのでしょう」

「……レサーリア様にお世継ぎができたら」

彼女の言葉が胸を刺す。

「この国のやり方を変えていきましょう。キオラ王国と縁続きになるわけですからね。貴族の礼儀を教えてやるのです」

(世継ぎなど、いつできるのだろう)

昨夜も結局最後までできなかった。あれほど欲望が滾《たぎ》っていたのに。

(子供を作らなければ)

自分の役目は知っている。キオラとサイセンの絆となる子を、できれば男の子を産むことだ。

(それが私の役目だもの)

わかっていた、幼い頃から言い聞かせられてきたから。

『お前がキオラの未来なのだ』

父の言葉を思い出す。それは呪いのようにレサーリアにまとわりついている。

「さあ、ここが王城の農地です。今は芋を植えているのですよ」

王城の二階に上がり、窓から門のほうを見る。そこには壮麗な庭ではなく、広い農地が広がっていた。

「サイセンはいつでも戦えるよう食料は自給できるようにしてあるのです。もし籠城しても一年は持ちこたえられますよ」

規則正しい畝《うね》の間に女官たちが忙しく働いている。皆日に焼け、健康そうだ。

「男はなにをしているのですか？　侍従もたくさんいたはずですよ」

コッサの言葉にサダが微笑む。

「もちろん侍従も働いています。朝方畑を鋤《すき》で起こした後は、剣の訓練をしているのです」

「剣？」

兵隊ではなく侍従も剣を習っているのだろうか。

「この国では男性はいつでも剣を取って戦えるよう鍛えているのです。彼らは今裏庭にいるはずだ。行ってみましょう」

二階から一階に移動し、裏に回る。近づくにつれ太い男の声が響いてきた。

「男性ばかりですわ。レサーリア様、お近づきにならないほうが……」

コッサは反対したが、レサーリアは見てみたかった。この国のすべてを。

裏庭には男たちが集まっていた。中央に木の剣を持った二人の男が向かい合っている。

「やれ、本気で殺す気で向かえ」

彼らを煽りたてるのは、しかし女の声だった。ジャンネドの妹、ノダラが馬に乗って試合を仕切っているのだ。

「しかし、木の剣でも本気で撃ち合ったら怪我《けが》をします。そうすると王城の仕事ができなくなります」

試合の二人は戸惑っていたが、ノダラは容赦しない。

「草の剣で撃ち合っていても本気になれん。相手を殺すつもりでやるから強くなれるのだ！」

地面には長い草を束ねて棒状にしたものが転がっている。普段はあれで剣の稽古をしているらしい。

「ノダラ様、おやめください。彼らは大事な働き手、怪我をされては困ります」

サダが皆の輪の中に入ってノダラを制した。彼女は馬上から彼を睨《にら》みつける。

「なんだ、サダか。お前は口を出すな」

「いいえ、ジャンネド様がお留守の間は私が王城のことを任されております。侍従を怪我させるようなことはたとえノダラ様でも許されません」

サダの口調はあくまで優しく、だが断固としたものだった。ノダラはしぶしぶ命令を取り消した。

「やれやれ、なぜ兄上がお前のような弱虫を重宝しているのかわからぬ」

短い鞭を馬上で振り回しているノダラは、サダの側にいるレサーリアに気がついた。

「これはこれは義姉上、こんなところでどうしました？　輿を使わなくてもよろしいのですか？」

嘲るように言われて胸が痛くなった。

「私はジャンネド様の妻になったのです。この国のことを隅々まで知りたいのですわ」

レサーリアは裏庭に一歩踏み出した。薄い布を通して日光が降り注ぐ。

「なるほど、ならば教えて差し上げましょう。整列！」

ノダラのかけ声で男たちは一斉に立ち上がり、五人ずつの列を作った。

「鬨《とき》の声を上げろ！」

「我が命王のもの、サイセンに勝利を！」

空気を震わす迫力に思わずたじろいでしまう。

「これが最強の兵士、サイセンの男たちだ。床で死ぬことは不名誉、戦いで死ぬことこそ名誉と思っている」

ノダラは誇らしそうに言った。

「アレッシオーレが欲しいそうだが、安心なさい。サイセンは負けぬ。戦いが始まれば私は兄上の隣で一緒に戦う。馬にも乗れぬ義姉上は王城で大人しく待っておられればいい」

その言葉はレサーリアの胸に小さな炎を灯した。

「……私だって、馬に乗れるわ」

そう言うとノダラだけではなく、周囲の侍従たちもくすくすと笑い出した。

「ははは、先日赤ん坊のように兄上に抱かれて馬上にいたではないか。サイセンでは立って歩くと同時に馬に乗れる。今乗れないのにこれから乗れるようになるわけがない」

「いいえ」

不思議な力が湧いてくる。自分でも信じられなかった。

「馬に乗れないのは、一度も習ったことがないからよ。教えてもらえばきっとできるわ」

ノダラは黒い瞳でじっとレサーリアを見る。

「やめておきなさい。そのひらひらとしたドレスで乗るつもりですか。兵士の前で足を晒すのか。それは兄上への侮辱になるぞ」

そう言われてもレサーリアはめげなかった。

「あなたの穿いているようなズボンを貸してください。着替えてくるわ」

にやにやとしていたノダラの顔が引き締まる。

「どうやら義姉上は本気のようだ。いいだろう、来なさい」

彼女は馬から降り、レサーリアを連れて自分の部屋に入った。その後ろをコッサとサダがついていく。コッサは涙ぐまんばかりにうろたえていた。

「レサーリア様、おやめください、お怪我をしたらどういたします」

レサーリアは無言を貫いていた。普段と違う主人の様子にコッサはなす術《すべ》がないようだった。

「サダ殿、あなたがなんとかしてくださいませ。留守のことは任されているのでしょう」

サダはコッサと対照的に、この状況を楽しんでいるようだった。

「私は奥方様の望みをなんでもかなえるようにと言われているだけです。馬に乗りたければお望みのままに」

ノダラの部屋でレサーリアは初めてズボンを穿いた。麻の布でできたそれはごわごわと足にまとわりつき違和感があったが、しばらくすると慣れた。むしろ体を守られている気がする。長袖のスモックを着て頭にしっかり布を被ると日光も遮ることができる。

ノダラと共に中庭に戻ると、侍従たちだけではなく女官たちも集まっていた。自分が馬に乗ることを聞きつけて見学に来たのだ。

「大人しい馬を用意しました。さあどうぞ」

栗毛の美しい馬に鞍《くら》が乗せられていた。台に乗り、手助けをされながら恐る恐る跨がる。

(ああ)

馬の背は想像よりずっと広く、足を大きく拡げなければならなかった。生まれてからずっとドレスで過ごしてきたレサーリアにとっては抵抗のある恰好だ。

(でも、我慢しなければ)

ノダラに認めて欲しい、ジャンネドと一緒に馬に乗れたら——生まれて初めての情熱に囚《とら》われていた。

「の、乗りました、この後は、どうすればいいのかしら」

なんとか鞍に乗り、鐙《あぶみ》につま先を乗せる。手綱も持った。馬は自分を乗せていることなど気にならない様子で体のハエを尻尾で叩いている。

「いいですよ、そのまま足で馬の腹を叩くのです。そうすれば歩き出します」

「こう？」

トン、と叩いたが栗毛の馬は動こうともしない。

「もっと強くですよ。義姉上は力が弱いから、思いっ切りやってもかまわない」

レサーリアは細い足に力を込めて、思いっ切り踵《かかと》で馬の丸い腹を叩いた。

すると、目の前が突然回った。

「ひっ……」

栗毛の馬が後ろ脚を跳ね上げたのだ。レサーリアはあっけなく宙に舞い、地面に落ちた。

「きゃああ、レサーリア様！」

コッサが悲鳴を上げて駆け寄ってきた時には、すでに地面に横たわっていた。自分の髪が土の上を這っている。

自分を落とした馬はのんびりと草を食《は》んでいる。ノダラが近寄ってその馬の轡《くつわ》を取った。

「やれやれ、馬は未熟な乗り手だと馬鹿にして落とすことがあるのです。義姉上気になさることはない。皆落馬しながら上手くなる」

義妹の言葉もコッサには届いてないようだった。レサーリアの手や頬についた土を懸命に払い落とす。

「なんていうこと、姫様の肌にお怪我を負わせてしまった」

確かに頬がひりひりするし、掌には赤い筋が何本もついていてずきずき痛んだ。

(怪我)

生まれてこの方箱入りで育ってきたレサーリアにとって、これが初めての怪我だった。

それは不思議と、恐怖ではなかった。

「義姉上、怖いでしょうが、もう一度乗ってください。人を落とした馬にはもう一度乗らないと何度も落とすようになります。そうなったらもう使えない」

ゆっくり立ち上がろうとしたレサーリアをコッサが引きとめた。

「おやめください。お怪我のお手当てをしなければジャンネド様に叱《しか》られますわ」

(叱る？)

なぜ夫が自分を叱るのだろう。

「ノダラ様のお考えはわかっていますよ。わざと馬を暴れさせてレサーリア様を痛めつけたのでしょう。お気に召さない兄嫁とはいえ、酷いではありませんか」

ノダラは目を丸くする。

「なんだと？　馬に乗りたいと言ったのは義姉上ではないか。私はサイセンのやり方で教えただけだ。ここでは子供もこうやって乗り方を覚えるのだ」

「サイセンの野蛮なやり方でいいわけがないではありませんか。レサーリア様を落馬させて、万が一子供を産めなくなったらどうするのですか」

（子供）

コッサの言葉にノダラは大笑いする。

「はっは、落馬した女が子を産めなくなったらサイセンはとうに滅びているよ」

「だから、サイセンの人間とキオラの姫とは違うのです。こんなに細いお体をさらに傷つけるなんて、やっぱり……」

激高するコッサの言葉が、不意に止まった。

レサーリアが突然立ち上がったからだ。

その目が不思議な色に揺れている。

「姫様……？」

主人の異様な雰囲気にコッサは気圧《けお》されていた。

「お怪我が痛みますか？　お部屋に戻りましょう。歩いてはいけません、今輿を……」

「いらないわ」

その言葉があまりに険しいものだったので、コッサだけではなくノダラも唖然《あぜん》としてしまった。

「輿などなくても歩けます」

「そ、そうですか、それはよろしゅうございました。ではすぐお手当てを」

おろおろとするコッサをレサーリアはじっと見つめた。

「もし、この怪我が元で子供ができなかったら、私はキオラに戻されるのかしら」

その場にいる全員が息を呑んだ。

「私はキオラとサイセンの血を混ぜ、アレッシオーレを奪還するためにここに嫁いだ。では子供が産めなかったら戻らねばならないの？」

硬直する人々の中で、ようやくノダラだけが彼女に歩み寄った。

「安心しなさい、義姉上、そんなかすり傷くらいたいしたことはありません……」

レサーリアは義妹の黒い目を見つめる。

「ならば、もう一度乗るわ」

ノダラが初めてうろたえた顔をした。

「いや、やめておきなさい」

「どうして、落馬したら必ず乗らなければならないと言ったのはあなたよ」

「私が代わりに乗りましょう。義姉上はもうよしなさい。これ以上怪我をさせたら兄上に怒られる……」

「私は怪我をすることも許されないのですか！」

今まで出したことのない、大声だった。ノダラの顔がみるみる歪《ゆが》んでいく。

「……ごめんなさい、嘘《うそ》を教えたんです。馬の腹を強く蹴ってはいけないんだ。義姉上に嫌がらせをしたんです。怖がらせて、サイセンが嫌になればいいと思った」

突然背後から深い声が聞こえた。

「それは本当か、ノダラ」

その場にいた全員が振り返った。いつの間にかジャンネドが帰還していたのだ。

「ジャンネド様……」

彼はすばやくレサーリアに駆け寄ると怪我をした頰と手を見る。

「ああ、すり傷だけだな。よかった、たいしたことはない」

レサーリアは夫の顔を見上げた。

「怒らないのですか？」

彼の唇が優しく笑った。

「どうして私があなたを怒るのだ？　ノダラは後で叱っておこう。馬に乗りたかったのか？　あとで私が付き添ってあげるよ」

目のふちが熱くなる。泣きたくないのに涙が溢れてしまう。

「あなたは……」

酷い人。

国のために結婚した妻に、優しいなんて。

まだ本当の妻にもなっていないのに。

「泣かないでくれ、そんなに我慢していたんだな」

「そうですよ、レサーリア様はずっと我慢しているのです。サイセンの慣れない暮らしに……」

コッサの言葉を遮ってレサーリアはジャンネドの胸を押しのけた。

「もうやめて！　私に優しくしないで」

これ以上夫の温かさに触れたら、本当に好きになってしまう。

ただの道具なのに。

レサーリアはジャンネドのもとから走り去り、逃げていった。その後ろ姿をジャンネド含め皆が呆然《ぼうぜん》と見送っていた。


夜になってもレサーリアは誰一人部屋に入れなかった。コッサすら入室を許されなかった。

「レサーリア、入るよ」

とうとうジャンネドが許しを得ぬまま入ってきた。

「コッサが、あなたに怪我を負わせた責任を取って死ぬと言っている。一言許すと言ってあげなさい」

涙で濡れた顔を上げ、のろのろと扉の前に行く。少し開けると目を真っ赤に腫らしたコッサの顔が覗く。

「姫様……お許しください……お守りできなくて……死んでお詫びいたします……」

胸が痛かった。コッサが自分の身を案じていること、そのことに素直に感謝できない。

自分の身が自分のものではない。

傷一つつけることも許されない。

だが、この気持ちを上手く彼女に伝える自信がなかった。レサーリアはあいまいに笑うしかない。

「死なないで、お前がいなくなったらキオラの昔を知る者がいなくなるわ」

コッサはその場で泣き崩れた。彼女が落ち着いてようやく立ち去ってから、レサーリアはジャンネドに向き合った。

「お騒がせして、申し訳ありません」

ジャンネドは寝台に腰かけると、彼女を膝に乗せる。

「あなたも怒るのだな。人形のような人だと思っていたのに」

頬を濡れた布で拭かれた。涙の塩気がぬぐわれて肌に水気が戻る。

「怒らないと思っていたのですか」

ジャンネドの指がレサーリアの顎を持ち上げる。

「いつも無表情で、湖のように静まり返っている人だったから」

そう言って自分を見つめるジャンネドの瞳は宝石のように美しい。

再び涙が溢れてきた。

「なぜ泣くのだ。なにか、不安なことがあるのか。心配事なら私が取り除いてやろう。なんでも言いなさい」

(あなたの心が欲しい)

そう言いたかった。

（もしそんなことを言ったら）
厚かましい女と思われるだろうか。
キオラ再建のため妻になったのに、それ以上に愛されたいなどと。
（でも）
これ以上、彼の心を確かめずにはいられない。
愛されていないなら、それでいい。
心を殺して生きるだけだ。
（生まれた時からそうだったもの）
キオラのために生きるのが自分の宿命だった。
以前のように、人形のように生きていけばいい。
それが自分の運命と諦める。
（最後に、一度だけ）
夫の心が知りたかった。
「私は」
心臓が痛い。こんなに緊張するのは生まれて初めてだ。
「あなたに愛されていないことが悲しいのです」
ジャンネドの目が、大きく見開かれた。
「……なにを言っているのか、わからないよ」

二人の間に無言が落ちる。レサーリアは耐えかねてもう一度言った。

「ジャンネド様はアレッシオーレを取るために私と結婚したのでしょう。それがつらいのです。だって……私はジャンネド様を愛してしまったのですから」

次の瞬間レサーリアは強く抱きしめられた。

「……もう一度、言ってくれないか」

「え？」

「私を愛しているというのは本当か？」

再び熱い涙が溢れてきた。感情が揺れて上手く言葉にできない。

「お願いだ、さっきの言葉をもう一度言ってくれないか。夢ではないだろうな」

「どうして……そんなことを言うの……？」

咽喉《のど》が詰まって言葉が出てこない。ジャンネドは彼女の頬を優しく撫でた。

「私こそ、あなたを愛しているからだ」

よく意味がわからなかった。涙で濡れた睫を何度も瞬《しばたた》かせる。

「あなたはキオラ王国のため私に嫁いで、私のことは愛していないと思っていた。それなのに、私を愛しているだって？」

レサーリアはぽかんと彼を見つめることしかできなかった。

「ジャンネド様こそ……サイセンを大きくするために私と結婚したのでしょう？　本当なら同じ国の、健康な人を選ぶはずだったのに」

「それは違う！」

あまりに大きな声で、肌まで震えるようだった。

「私はあなたを、あなただけを愛して、周囲の反対を押し切って妻にしたのだ」

頭がぐらぐらする。いったい自分の身になにが起こっているのだろう。

「あなたと初めて出会ったのは、コーサイアスの宮殿だった。王の誕生祝いの席で、あなたは王と結婚の話が持ち上がっていた」

（そうだった）

ジャンネドと婚約する前、コーサイアスの年老いた王ジドレとの結婚話が持ち上がっていた。彼は自分の父親ほどの年齢ですでに子供も多数いたが、コーサイアスは力がある国なのでマッシオは妹を差し出したのだ。

「私も宴に招かれていた。そこであなたを見た」

「ジャンネド様もあの場にいたの……？」

覚えている。満座の宴席の前で被っていたヴェールを取り、ジドレに拝礼した。彼はワインの入ったゴブレットを持ったまま自分に近寄ってきて突然顎を摑んだのだ。

「なるほど、美しい。この美しさならアレッシオーレと戦争をする価値があるというもの」

年老いた王の汗ばんだ手の感触が嫌で思わず顔を背けた。その時の記憶はそれしかない。

「あの時、あなたをなんとしても救わなければならないと感じた」

心臓が痛くなった。知らぬ間にジャンネドが自分の気持ちをわかっていてくれた。

確かにあの時、あの場から逃げ出したかった。人目に晒され、美貌を讃《たた》えられることすら耐え難かった。

「コーサイアスとの縁談を破棄させ、こちらから結婚を申し込んだ。国の人間を納得させるため、アレッシオーレを取れると説明したのだ。本音を言えば……そう簡単に取れるとは思っていない」

目の前の景色がぐるりと回る。今まで見てきたものが、まったく違って映る。

(まさか)

「あなたがキオラのために私の妻になったことはわかっていた。だからできるだけ優しく、少しでも私を好いてもらおうと思っていたのだ」

(優しかった)

そうだ、ジャンネドはずっと自分に優しかった。

どうしてわからなかったのだろう。彼の目はずっと優しかった。

それを自分は、サイセンのため無理をしているとしか思えなかったのだ。

「何度も好きだと言っていたつもりだったが……本気にしてもらえていなかったようだ」

「ああ！」

思わず彼に抱きつく。

「私こそ……国のために私を娶ったと思っていたのよ……」

自分が、自分自身が愛されるなんて思いもしなかった。

キオラの姫だから、希少な血だから求められるとしか思わなかったのだ。

ジャンネドは、自分が貴族の女でなくても愛したと言っているのだろうか。

「私はサイセンしか知らなかった。この国が一番いいと思っていた」

彼の大きな手が髪を撫でる。

「だが、あなたを見て初めて外の世界があることを知った。自分の知らない、別の国……そこにも人間がいて、暮らしがある。私はあなたを知りたいと思った」

レサーリアの金の髪を指に絡める。

「あなたが望むなら、アレッシオーレを手に入れよう。空中庭園に立たせて、髪が風になびくところを見たい。そんな気持ちは初めてだった」

レサーリアはジャンネドの手を取る。それはとても大きくて、両手で包んでも指がはみ出してしまう。

「ジャンネド様が、アレッシオーレを欲しいのではなくて？」

以前そう言っていた。サイセンを大きくするためにアレッシオーレを手に入れると。

自分はそのための駒、そう思っていた。

「……あなたがアレッシオーレに行きたいのだろう？　空中庭園に立ちたいのではないのか」

空中庭園、子供の頃から聞かされていた美しい庭。

それは自分の望みなのだろうか。

自分以外の人間の望みを、自分のものと勘違いしていたのではないだろうか。

「私は……私は……」

自分の望みは。

ただ、ジャンネドを心から愛したい。

今心の中にはそれしかなかった。

「ジャンネド様が側にいてくれればいいのです」

国同士の繫がりではなく。

ただの夫婦になりたい。

なんのわだかまりもなく、愛し合いたい。

それが自分の望むことだった。

「私は、ジャンネド様を愛しています」

すると、彼はレサーリアを優しく抱きしめた。

「ようやく……ようやく言ってくれたな」

彼の声に涙が混じっている。レサーリアは驚いた。

「ずっと嫌われているかと思った。サイセンはキオラのような伝統もない。田舎の国だ。人々も荒々しい。国のために嫌々嫁いできたと」

「そんな！　私こそ、国のために弱い妻を娶って嫌われているのかと」

ジャンネドは体を離して、レサーリアをまじまじと見つめる。

「なぜ!?　あれほど愛していると、美しいと言ったではないか」

「それは……」

確かに彼はそう言っていた。だがそれは全部、国のためにやっていることだと思っていたのだ。

「閨《ねや》でも、できるだけ優しく扱ったつもりだったが……あなたもちゃんと、反応していたではないか」

顔が赤くなる。自分の痴態を思い出してしまった。

「国のために甘い言葉を吐くなど、私はそれほど器用な男ではないよ」

では、自分は最初から愛されていたのか。

あの温かさは、偽りではなかったのか。

「逆に聞かせてくれ。あなたは本当に私が好きなのか。キオラのために嘘を言っているのではなくて」

レサーリアは顔を覆いながら頷いた。

「はい……」

「いつからだ？　ここに来て、しばらく経《た》ってからか？」

「…………」

いつからジャンネドのことが好きだったのだろう。

嫁入りの日、彼を見て美しいと思った。

自分を抱き上げて歩いてくれた。

周囲の人間から守ってくれた。

そのすべてが好きだった。

「最初から、です」

「最初？」

「国境で出会った時、私はジャンネド様に心を惹かれていました。そして、国のために妻になる自分を恨んだのです。あなたに愛されて結婚したかった」

ジャンネドはそっとレサーリアの小さな唇に口づけをした。

「私の愛ならすでにある。後はあなたが私を愛してくれればいい」

その引き締まった頬を摑んで口づけを返した。

「愛しています、ジャンネド様だけを」

そう言うことが怖かった。

愛されていないと思っていたから。

自分の愛に、価値などない。ただこの血があればいいと思っていたから。

そうではなかった。ジャンネドは自分を、自分だけを愛してくれていたのだ。

ようやく宝物を見つけた気持ちだった。二人は口づけをし合いながら寝台に横たわる。

その時、自分の背負っている闇に足首を摑まれた。

（私は）

こんなに幸せになっていいのだろうか。

ジャンネドにまだ打ち明けていないことがあるのに。

夫の体に強く抱きついた。彼の顔を見ながら打ち明ける勇気はなかった。

「ジャンネド様、一つ、私の話を聞いてください」

「なんだ？」

「とても、とても嫌な話です。これを聞いて私のことを嫌いになっても絶対に恨みません。ただ、最後まで聞いて欲しいの」

レサーリアはジャンネドの胸に頬を押し当てたまま、語り出した。これが最後の温かさになるかもしれぬと思いながら。


アレッシオーレを追われたキオラ一族は田舎で農業をしながらほそぼそと暮らしていた。その時一番若かったのは王であるデカッロの姫、サロネだった。当時十歳の子供だった。デカッロの第一王子であるニアキロは当時十五歳だった。田舎に暮らしてから近隣の農家の娘を娶り、子供を作った。最初に生まれたのが兄のマッシオである。

だがマッシオの髪は濃い茶の髪だった。キオラの特徴である金色の髪の子供は他家からも生まれなかった。もともと一族の中の濃い血から生み出されるものだったのである。

キオラ一族は都を追われてからどんどん数を減らしていった。一部はアレッシオーレに残ることを望んだからである。平民に落とされても住み慣れた都で終わることを望んだのだ。

百人程度の小さな集落を作り、キオラ貴族だけで固まって暮らしていた。ドミナ家の他に数軒の貴族の家があり、お互いが親戚同士の間柄だった。

やがて若い者は周囲で相手を探し、結婚していった。もう貴族の中で相手を探すことはできなかったので外の人間と結婚するしかなかった。キオラ貴族特有の白い肌や金髪の子供は生まれなかった。

「私の父が最初に子供を作ったのは地元の娘でした。兄はその人との子供なの」

「どういうことだ。あなたの母親でもあるだろう」

レサーリアは首を横に振った。

「父ニアキロの妹であるサロネは見事な金髪を持っていました。最後の純潔なキオラだったのです。その血を残そうと父は考えました。いつかキオラ王国を再建するため」

「まさか……」

ジャンネドが絶句した。胸が痛い。彼の想像通りのことを言わなければならないことがつらかった。

「そうです、私は……父ニアキロと妹であるサロネの間に生まれた子供なのです」

サロネは最初、兄との間の行為を嫌がらなかったという。父であるデカッロの『キオラ再建のためお前の力が必要なのだ』という言葉に支配されていたのだ。

「でも、サロネは兄との間の子を三度流産しました。兄妹《きょうだい》の子は弱いのです。それを知ってなお、ニアキロはサロネとの間に子供を作り続けました。そして、四度目に生まれたのが私です」

暗闇の中でもジャンネドの顔が青ざめていくのがわかる。健やかに育った彼にとって、この話がどれほど衝撃だろう。

「私は、幸い健康に育ちました。そのことで父ニアキロは希望を持ちました。『次は男の子を作ろう。お前はまだ若い。何度失敗してもかまわないだろう』そう言われたサロネは……私の母は自ら死を選びました。自分の兄と子供を作り続けなければならない運命の異常さに、ようやく気づいたのです」

ジャンネドは沈黙している。レサーリアはその頬にそっと触れた。

「私の血は汚れています。そのことを隠して嫁いできたの」

怖かった。もう今夜が最後になるかもしれない。

それでも、隠しておくことはできなかった。

「兄のマッシオは『黙っていろ』と言ったわ。でも私はそんなことできない。もし子供が私の血のせいで弱く生まれたら……一生後悔するもの」

レサーリアの瞳に涙が溜まっていた。その粒をジャンネドが指でぬぐう。

「ごめんなさい、あなたを騙《だま》してここまで来てしまった。あなたが国のために私を妻にしたと思っていたから、騙してもいいと思っていたの――でも、もうできない。あなたは私を愛してくださったのだもの。そんな方の血を汚したくない」

「そんな言い方はやめなさい」

不意に強く抱きしめられた。

「あなたの血は汚れてなどいない」

そう言ってくれるだけで嬉しかった。

「ありがとう、でも無理よ、私は兄と妹との間に生まれた、その事実は覆らないのよ」

「いいや、汚れていない。こうして生きて母の腹から出たことがその証拠だ。弱い血ならそもそも生まれていないのだ」

彼の言葉はよくわからなかった。だが自分を慰めてくれていることはわかる。

「そうなの……？」

「そうだ、生まれたということはこの世で生きていけると神が許したことなのだ。人間がなにをしようと、最終的には神が決める。あなたは神が許してここにいるのだ。父のしたことに引きずられるな」

嬉しかった。そんなことを言ってくれた人はいない。キオラの人間はレサーリアの出生をうすうす知りながら表向き平静な態度で接した。

だがレサーリアは気づいていた。自分を見る目にかすかな嘲りがあることを。『兄と妹の子供』『獣のような所業』自分はただキオラの血を運ぶだけの忌子《いみご》、そんな空気の中で生きてきた。

「あなたはただつらい運命の中生きてきただけだ。なにも卑下する必要はない。これからは胸を張って、堂々と生きていけばいい。子供が弱かったら二人で支えていこう。あなたの運命を私も背負う」

堪え切れなかった。彼の手を握りしめながら嗚咽《おえつ》する。

(生きていてもいいの)

生まれた時からずっと囚われていた、血の闇がゆっくり消えていった。

自分も、自分の人生を生きていいのか。

ジャンネドが側にいてくれれば、それができる気がする。

「私、サイセンの女になるわ。できるかしら」

「もちろんだとも、あなたはもう、ここの人間だよ」

嬉しかった。生まれてからずっとつき纏っていた暗闇からようやく抜け出すことができた。

まるで生まれ変わったようだ。

(私、ようやく普通の女になれたんだわ)

血の運び役でもなく、高く売りつけられる商品でもなく、夫と愛し合う、普通の女。

それこそレサーリアが欲していたものだった。

四　幸せに包まれて

「今夜は……最後までしてみよう」

夫の言葉に鼓動が高まる。

「本当はあなたの体が慣れるまで待とうと思っていた。だが、もう……限界だ」

ジャンネドは寝台に仰向《あおむ》けになると、レサーリアを上に乗せる。

「ああ……」

下から胸の突起をしゃぶられる。両方の膨らみを摑まれて、やわやわと揉まれた。

「柔らかい肌だ、それにいい香りがする」

豊かな胸に彼は顔を埋《うず》めた。熱い息が谷間にかかる。

「ジャンネド様……好き……」

彼の黒髪を撫で、頭を抱きしめた。もうなにも遠慮することはない。平たい額にキスをする。

黒く濃い眉に、長い睫。

深い夜のように黒い瞳。

端整に作られた細い鼻梁。

なにもかも美しかった。

口づけをすると、長い舌が入ってくる。分厚い舌に口中を探られた。

「あう……」

歯の裏まで探られて、不思議な快感が湧き上がる。彼の手はずっと乳首を摘まんでいて、その感触も体の中で混ざり合った。

「ふああ……」

ようやく口づけから解放された時には、レサーリアの体はすっかり蕩《とろ》けていた。彼に掴まっていないと腰も立たないようだ。

「体を見せてごらん」

ジャンネドはレサーリアを寝台のボードに掴まらせた。上半身だけ持ち上がる形になる。

「あ、あん……」

夫は仰向けのまま下に下がる。彼の顔が腰の下に来た。

「ひゃんっ……」

顔の上を跨ぐ形になった。恥ずかしい、そこはすでに熱く疼いていた。

「綺麗な色だ。桃色で、透き通っている」

ジャンネドはそこを大きく拡げ、唇を寄せた。

「やっ……」

大きな唇が吸いつき、ぬるぬると嘗め回される。レサーリアの花弁は大きく開き、充血していった。

「あんっ、ああ……」

勝手に腰が動いてしまう。足も自ら開いていく。

「もっと、深く……」

彼の舌がずずっと奥まで進んでいく。まだ誰も触れたことのない場所に、舌先が到達した。

「ふあ、あ……」

自分のどこに孔《あな》があるのか、はっきりわかった。ここに彼のものが入るのだ。

まだ舌がやっと入るだけの狭い場所だったが、何度も出し入れされるうちにそこは熱を帯び、少しずつ緩んでくる。

「あう、あ、あ……！」

ふっくらと熱を持った花弁の中に、固い雌蕊《めしべ》がある。ジャンネドの舌がそれを捕らえて吸い上げた。

「やああ、いく……！」

その感覚をいく、と言うことをもうレサーリアは教えられていた。ぶるぶるっという震えが全身を襲う。

「いったね、ここもたっぷり濡れていて開いている。もうできるかもしれない」

ジャンネドは体を上に移動し、レサーリアの腰を自分の腹の上に持ってきた。

「このまま腰を下ろしてごらん。自分から私のものを中に入れるんだ」

「え、そんな……」

こういう時、男性は女性の上になるのではないだろうか。躊躇《ためら》うレサーリアをジャンネドは促した。

「最初はあなたが上になったほうがいい。私が進めると力加減がわからなくてあなたを傷つけてしまうかもしれない」

まだ火照《ほて》っている中心に、丸いものが当たった。隆起している彼のものだった。

「ああ……」

躊躇いながらレサーリアは自分の体を沈めていく。彼のものが自分の中に侵入していく。

「ふあ、あああ……!」

花弁が強引に開いていった。舌や指などとは比べものにならない大きさだった。

「痛むか？　無理しなくていい、今日できなくてもいいんだ」

ジャンネドは気遣ってくれたが、レサーリアは諦めたくなかった。

心が繋がった今夜、体も繋がりたい。

「大きく息を吐いて、力を抜いてごらん」

彼の言う通り何度も深呼吸をする。すると体内にずずっと彼のものが入ってきた。

「ひゃう……」

熱い果肉が押し拡げられ、形を変えられる。彼のものをしっかりと摑んでいる。

「熱いよ……なんて気持ちいいんだ……」

ジャンネドの腹が大きく上下していた。それは彼の快楽が大きいことを示している。

(気持ちいいのね)

自分と同じように彼も快楽を感じてくれている——そのことがなにより嬉しかった。

「あ……ああ……」

彼が下から手を伸ばして胸に触れる。レサーリアの細い胴の上で大きな果実のように揺れている乳房を柔らかく揉み出した。

「ふあ……いいの……」

大きな手の中に自分の胸が包まれ、先端をきゅっと摘まれる。じいんという快感が背筋を走った。

「あん……そんなこと、すると……」

下半身の鈍い痛みと、胸からの快楽が体の中で合わさって炎を燃やす。

「へん、なの……熱い……」

初めて繋がった場所が、痛みだけではなく疼くような感触に覆われる。もっと、深く繋がりたい。

「いいの……もっと、もっと……」

自ら体を沈めていく。体の奥が開かれる。

(こんなに)

奥まで入るものだったとは。

まるで串刺しにされたようだ。自分の中が彼のもので満たされている。

レサーリアの目尻から涙が一筋流れた。

「痛いのか?」

異変を感じたジャンネドが愛撫の手を止めた。

「違うの……嬉しいの」

愛し合って、彼と繋がることができた。

ただの道具としてではない、心が触れ合っている。

それがこれほど嬉しいなんて、知らなかったのだ。

ジャンネドは体を起こしてレサーリアの上半身を抱きしめる。

「私も嬉しい……あなたに愛されているなんて」

彼の長い腕に抱かれて、レサーリアの体はすっかり隠れてしまう。

(守られている)

体の外も内も彼に触れられていて、外界から隔てられている。彼に守られて、包まれていた。

体も心も満たされている。こんな気持ちは初めてだった。

「愛している……愛している」

ジャンネドは惜しみなく愛の言葉を注いだ。レサーリアは子供のように彼の胴にしがみつく。

「好き……愛しているわ」

二人は口づけをしながら繋がり合った。体のすべてが触れ合っている。

「あ、あ」

ジャンネドがレサーリアの小さな尻を持って、小刻みに動かした。内側が擦られる感触がある。

「もう、我慢できない……あなたの奥まで入れたい……」

引きつるような痛みと、奇妙な疼きがあった。レサーリアは彼の逞しい肩に摑まって耐える。

「いいの……来て……」

ジャンネドは下から突き上げながら再び乳首を摘まんだ。優しく、転がすように刺激されると快楽が自分の孔を収縮させる。

「やあぁ……感じるの……」

小さな孔がさらに狭くなり、剛棒を締めつけた。未熟な襞《ひだ》の感触にジャンネドは悶絶する。

「ああ、そんなに締めないで……よすぎて、出てしまう……」

深く、ずん、と突き上げられた。あまりの衝撃にレサーリアは大きくのけぞる。

「や、んっ……！」

奥深くに男の精が放たれる。小さな炎が灯されたような感覚。

（あ……）

初めてでも、それがなんだかわかった。

彼の魂が自分の中に入ったのだ。

(ああ)

自分とジャンネドは本当に夫婦になったのだ。

中に放たれてもまだ繋がったまま、二人は寝台に横たわった。そっと彼の額に触れるとうっすら汗ばんでいる。

「やっと夫婦になれたのだな」

ジャンネドが同じ気持ちでいてくれて、嬉しかった。

「はい……」

彼の汗の匂いすらかぐわしかった。

「痛くはないか？　明日は一日休んでいるといい。体をいたわりなさい」

髪を撫でられ、抱きしめられる。痛みはすでに薄くなっていた。

「大丈夫です。それより、ずっとジャンネド様の側にいたい」

体内のものは自然に外れたが、まだ中に感触が残っているようだ。

「私もだ、ずっとあなたを抱いていたいよ」

ふと思った。これでキオラとサイセンの同盟は強固なものになった。すぐにでもアレッシオーレに攻め込むのだろうか。

「このまま戦争になるの？　私はもうアレッシオーレに行かなくてもいいの。サイセンの王妃として生きるわ。だから……」

ジャンネドは妻の顔をそっと覗き込む。

「サイセンの男としては、戦いを避けるなど論外なのだが……」

彼はレサーリアの耳に唇を寄せた。

「アレッシオーレへ攻め込む条件は、義兄上《あにうえ》が兵士を百人そろえることだ。私は今のキオラでは無理だと思っている」

キオラの人間は百人もいない。その中で壮年の男性は三十人くらいだろう。アレッシオーレを出てから人数はどんどん減っているのだ。

「もちろん条件がそろえばアレッシオーレに攻め込まねばならない。だがこれからキオラの子供が増えたとしても、戦えるようになるまで十数年かかる。そもそも男子が増えるかどうかもわからない。このまま二十年過ぎれば私の代は終わる。契約は反古《ほご》になるだろう」

レサーリアはほっとした。やっと手に入れた幸せを、戦争で失わなくてもいいのだ。

「私はここがいいの。アレッシオーレの空中庭園も見たことがないもの。サイセンが私の国よ。戦争なんてしないで」

逞しい胸板に抱きついた。この体が剣で切り裂かれ、骸《むくろ》になってしまったらどれほど悲しいだろう。

(百人の兵士なんて、無理よ)

マッシオには悪いが、レサーリアもその条件は無理と思っていた。キオラの男たちは皆農いはずだ。

業に忙しく、剣の訓練など受けたことがない。もともと貴族の生まれで軍は扱ったことがな
(大丈夫だわ)

アレッシオーレに攻め込むなど、夢のような話だ。マッシオは空中庭園の夢を見ながら年老いて、やがて死ぬだろう。

自分たちはサイセンで静かに暮らす。そのうち二人の子供も生まれて、自分たちが老いて死ぬ頃にはキオラとの契約も消えてしまう。子供たちはなんの心配もなく生きていけるのだ。

「嬉しい……」

レサーリアは細い体をジャンネドに絡みつけた。これほど安心しながら眠れるのは生まれて初めてかもしれない。

「子供の頃から『サイセンの男は戦いで死ね』と言われていた。勇者の森に墓を建てるのが目標と定められていた」

ジャンネドの息が頭の上にかかって温かい。

「だがあなたと出会って、結婚して……一日でも長く生きたいと思った。こんなことを表で言ったら、サイセンの王としては失格だ。罷免されてしまうかもしれぬ」

レサーリアはくすくすと笑った。

「私も、『アレッシオーレなどいらない』と言ったら兄に怒られるわ」

二人は幸せな空気に包まれたまま、いつの間にか眠ってしまった。

ジャンネドとレサーリアの睦まじさは宮殿だけではなく、サイセンの都でも噂になるほどだった。

「王様は王妃様をずっと側に置いているらしい」

「欲望を感じたら臣下の前でも抱いているそうだ」

さすがにそれは大げさな噂だったが、ジャンネドが人前でも愛を示しているのは本当だった。

「暑くなってきたな。山から氷を持ってこさせよう」

「氷？　夏なのにあるのですか」

「冬の間に雪を集めて山奥の涼しい洞穴に保存してあるのだ。夏になったら塊を藁で包んで馬で駆け降りてくる。どれだけ早く城まで運べるか競わせるのだ。一番早い兵には褒美をやっている」

盛夏の日、雪運び競争が始まった。選ばれた五頭の馬と乗り手が山に入り、雪の塊を持ってくるのだ。その中にはジャンネドの妹であるノダラもいた。

早朝に出発したノダラはじめ五頭の騎馬は、太陽が天頂に届く前に城へ戻ってきた。

「来たぞ、ザイが今年も一番だ」

先頭を走っているのはノダラではなく、ザイという兵士だった。腰を浮かし、馬に負担をかけないよう身軽に乗っている。彼の栗毛は風のように城内に入り、藁に包まれた雪をジャンネドに差し出した。それはまるで今朝降ったかのように真っ白だった。

「まあ、凄い」

ジャンネドの隣にいたレサーリアが思わず呟くと、それを聞いたザイの頬が赤く染まった。まだ若い兵士だった。

「ザイ、今年もお前が一番だった。褒美はなにがいい。金貨か、それとも剣がいいか」

すると彼はさらに頬を染めながら言った。

「……奥方様の手に、キスをさせてください」

周囲の兵士たちがどっと沸いた。

「金貨や剣より勝る褒美だ」

「あとでどれほど肌が柔らかかったか教えてくれ」

レサーリアは困ってしまい、夫の顔を見る。

「あなた、どうしましょう……」

ジャンネドは渋い顔をしていた。

「ザイ、お前の働きを讃えてやりたいのだが、それは駄目だ。たとえ我が兵士でも妻に触れさせることはできぬ」

ザイは黒い目を煌《きら》めかせながら頷いた。

「王がそうおっしゃられるとわかっておりました。ただ、言ってみたかったのです。お許しください。褒美はなにもいりません」

ジャンネドはしばらく黙っていたが、レサーリアの耳に囁いた。

「その雪を握って、ザイにあげなさい」

レサーリアは冷たい雪を拳に握って彼に渡した。ザイは顔を真っ赤にしながらそれを頬張った。周囲の男も女もどっと歓声を上げた。

「よかったな、ザイ！」

「お前の命は奥方様のものだ」

恥ずかしくなって思わず夫の陰に隠れる。その仕草がさらに人々を沸き立たせた。

ザイはその場に跪く。瞳には涙が浮かんでいた。

「王様、奥方様、このご恩は忘れません。ザイの命はお二方のものです」

大騒ぎをする人々を残してジャンネドとレサーリアは寝室へ移動した。コッサがゴブレットに入った雪を二つ持ってきた。

「蜜がかけてあります。溶けないうちにお召し上がりください」

まだどきどきしている胸を冷やそうと、レサーリアは甘い雪を口に入れた。それはあっという間に溶けて水になった。

そんな妻をジャンネドはじっと見つめている。

「お食べにならないの？　とても冷たいわ」

「雪を食べている、あなたが見たい」

溶ける。

ジャンネドは口に雪を含むと、そのまま口づけをした。二人の舌の上で白い雪はとろりと
「……ザイがあなたを見つめることすら嫌だった。もう少し私が暴君なら、彼の目をつぶしていたかもしれない」

いつも優しいジャンネドがそんなことを言うので驚いた。

「そんなことはしないでください。私たちのために命を捨てると言ったわ」

彼の眉が苦しげに歪む。

「わかっている、頭ではわかっているのだが……心は思い通りにならない。こんな気持ちは初めてだ」

レサーリアは彼の頬を撫でる。

「誰に見つめられても気にしないで。私が愛しているのはジャンネド様だけだもの」

二人は雪を食べながら寝台に倒れ込んだ。

「こんなに好きになってしまって、どうしよう」

彼と同じ気持ちだった。お互いに思い合っているとわかってから、気持ちに歯止めがかからない。

「綺麗な髪だ」

ジャンネドがレサーリアの金髪を指で梳《す》く。

以前は嫌いだった。自分の呪われた血の象徴。

だが夫が褒めてくれるので、レサーリアもやっと受け入れられるようになった。

「不思議な目の色だな。灰色に青が混じっている」

レサーリアの虹彩は色が薄く、明るいところでは眩《まぶ》しく感じることもあった。

「子供が受け継いだらどうしましょう。表で遊べなかったら困るわ」

ジャンネドは優しく笑う。

「大丈夫だ。私たちも日中戦いに出る時は細い線の入った目隠しを使う。黒い目でも眩しくないわけではない。もしその子が薄い色の目なら小さな目隠しを作ってやろう」

嬉しかった。もし自分の弱い体を受け継いでもジャンネドは助けてくれる。将来への不安が軽くなっていく。

「あなたの子なら、どんな子供でも可愛いだろう」

寝台の上で服を脱がされる。盛夏なのでその恰好がむしろ気持ちよかった。

「美しいよ……私の妻……」

まだ溶け残っていた雪をジャンネドは摑むと、胸の上に置いた。

「ひゃ……」

冷たい感覚に胸の突起が固くなる。そこを熱い舌で包まれた。

「ああん……」

雪で敏感になった肌を舌で擦られる。凸凹した先端を幾度もなぞられた。

「感じるの……すごい……」

ジャンネドは大きな胸を両手で摑み、先端を中央に寄せると同時に口に含んだ。

「やうっ、そんな……！」

二つの乳首を同時に責められてレサーリアの唇からか細い悲鳴が上がる。

「とても、綺麗な色だ。先端がほんのり桃色になっている。真珠の肌に珊瑚《さんご》の飾りのようだ」

真珠の肌、それは何度も言われた賛辞だった。

だが、ジャンネドの言葉は素直に受け取れる。

(この体でよかった)

心からそう思えた。

(生まれてきてよかった)

呪われた運命を恨んだこともあった。

だが、この運命が自分をジャンネドのもとへ運んでくれた。

今はなにもかも忘れて、彼と一緒にいたい。

「ああ……」

彼の顔が下がっていく。何度も繰り返して、そのたびにレサーリアを燃え立たせる愛撫の順番だった。

「細い腰だ。本当に内臓があるのだろうか」

その言葉も何度も聞いた。何度言ってもジャンネドは言い足りないようだった。

「薄い腹だ、私の掌がくっつくのではないか」

腹と背に掌を当てて、そんな冗談をいうのもお決まりだった。

「ああ……早く……」

もう燃えかけているレサーリアはその冗談に答える余裕がなかった。足の間はもう溶けかけている。

ジャンネドは金色の柔毛《にこげ》の上にも雪の塊を置いた。熱く濡れている谷間に雪解け水が染み込んでいく。

「あああ……！」

雪を掬うように彼の舌が蠢《うごめ》く。柔毛を掻き分けて谷間に入っていった。水と蜜が混じり合ってぐしゃぐしゃになったところを掻き混ぜる。

「やうっ……そこ……！」

ちゅっちゅっつっと啜《すす》りながら彼は指をゆっくり差し込んでいく。ざらざらとした中の襞が節の大きな指を柔らかく包んでいく。

「中が……熱い……」

たっぷりと蜜を貯めた淫孔は刺激に反応してさらに締めつけた。ジャンネドは柔らかな肉を傷つけぬよう慎重に奥を探った。

「ひあ……そこ……」

孔の上のほうに、一段と感じる場所があった。外にある小さな芽とはまた違った感触だった。

「ここが、いいのか……少し、ざらざらしているようだ」

蜜壺《みつつぼ》の少し上に快楽の塊があった。指で擦られるとそこがどんどんしこってくる。

「あ、そこ、変なの……」

くりくりと押されるたびに腰が跳ねてしまう。なにも考えられなくなる――。

「や、もう、入れて……欲しいの……」

はしたなく彼を求めてしまう。そこを、もっと太いもので刺激して欲しい。

レサーリアは手を伸ばして彼のものに触れる。それはすでに固く、滾っていた。

「来て……」

細い指で握り、自ら誘っていく。火照った果肉に剛棒がめり込んだ。

「あああ……」

たっぷり刺激された淫肉を押し拡げられる。彼のものに絡みつき、奥へと引き込む。

「気持ちいいよ……私のものが、溶けてしまいそう……」

ジャンネドはレサーリアの頭を押さえながら一気に貫いた。

「やうう……深い……」

苦しいほど体の中が彼で一杯になってしまう。

「口を開けて」

小さな口の中に雪の塊を入れられ、上から唇で蓋をされる。

「あう……」

冷たい氷の粒はあっという間に溶けて、二人の熱で蒸発する。

「口の中が赤くて……可愛いな」

雪で冷えた舌が赤く染まっていた。ジャンネドはその小さな舌を口の中に吸い取って軽く歯で嚙《か》む。その感触が甘くてレサーリアは呻《うめ》いた。

「うん……」

粘膜をすべて彼に塞がれる。接していない場所はなかった。

夕方だったがまだ気温は高い。しっとりと汗ばんだ肌は触れ合っているだけで溶け合いそうだ。

(このまま、一つになりたい)

誰も引き離すことのできない、一つの存在になれたらいいのに。

深く穿《うが》たれながらレサーリアは必死に頑丈な肩にしがみついた。

「ここが、いいのか?」

秘孔の感じるところを剛棒の先端で押される。レサーリアは悲鳴のような声を出すことしかできなかった。

「ああ、ああ、そう、そこ、いいの……」

奥の壺をごりっと押された瞬間、体がきゅううっと反応した。

「あ、いくっ……!」

激しく達した体は、男のものをきつく締め上げる。その感触にジャンネドの逞しい腰も反応した。

「いい、締めつけられる……もう、駄目だ……」

最奥に熱いものを注がれる感触があった。達したばかりの体はさらに深く痙攣する。

「あ、いい……いいの……」

力を使い切った二人はしばらく寝台から起き上がることができなかった。

「……汗まみれになってしまったな」

ようやく呼吸の整ったジャンネドはレサーリアの体を抱え上げた。二人とも全裸だった。

「どこへ行くの？」

寝室から裏庭に出ることができる。外はすでに夕暮れから夜になろうとしていた。

「恥ずかしいわ」

誰もいないとはいえ、屋外であることには変わりなかった。なにも身に着けず出ることに抵抗があった。

だがジャンネドはかまわず庭に出ると、水瓶の側に彼女を立たせた。

「かけるよ」

ジャンネドは水瓶から水を汲んでレサーリアの肩からかけた。素焼きの甕《かめ》に入っている水は冷たく、火照った肌を冷やした。

「気持ちいい……」

汗が流れ、濡れた肌を麻布で拭くとまるで生まれ変わった気分だった。ジャンネドも自分で水を被る。

「あ、月だわ」

薄闇に包まれた空の上、半月が浮かんでいた。

「美しい」

半月を背にして立つレサーリアを見て、ジャンネドが呟いた。

「まるで女神のようだ」

「やだわ、いきなり」

そういうジャンネドも雄神のような凛々しさだ。浅黒い肌は彫りの深い影を落とし、長い足は綱のような筋肉で覆われている。

「ジャンネド様も綺麗よ、あなたと結婚できて、幸せ」

二人は自然の中、抱き合う。なにも背負うもののない、野生の女と男だった。

(今だけは)

自分の宿命も、ジャンネドの国王としての使命も消えていた。

ただ二人、愛し合っていればいい。

月の隣に小さな星が輝くまで、レサーリアとジャンネドはひたすら抱き合っていた。

「レサーリア、今日私は遠くの山地へ視察に行く。もしかしたら日が落ちて帰れないかもしれない。寂しくはないか？」

「寂しいですわ……」

コッサ含め臣下たちは顔を見合わせる。二人は昨夜もたっぷり愛し合っているはずなのだ。

「私もだ。もうあなたの肌に触れなければ眠れなくなってしまったよ。どんな夜更けでも帰ってこようか。幸い今夜は月夜のようだ」

レサーリアは何度も首を横に振った。

「いいえ、そんなことをしてジャンネド様が崖から落ちたり、狼《おおかみ》に襲われたりしたら悔やんでも悔やみ切れません。その代わり、朝日が昇ったらすぐお帰りになって。私は門の前で待っております」

「そんなことをするな！　帰ったらすぐ寝室へ迎えに行く。その時までゆっくり寝ていればいい。一緒に朝食を取ろう。山葡萄《やまぶどう》を取ってくるから」

「ジャンネド様がサイセンのために働いているのに、寝ているだなんて……」

際限なく続く睦言《むつごと》にとうとう側にいたサダが音を上げた。

「これから戦争が始まるわけじゃない、たった一晩留守にするだけなのにまだお別れが終わらないのですか？　皆待ちかねております」

ジャンネドは大げさにため息をついてようやくレサーリアの体を離した。

「私が留守の間、くれぐれも妻のことを頼むぞ。以前のように怪我などさせぬよう。今度はすぐ駆けつけてくるわけにはいかぬのだから」

「はいはい、馬などには乗せません。王様からも奥方様によくお申しつけくださいね。レサーリア様がどうしても乗りたいとおっしゃったら私は止められないのですから」

レサーリアは夫に右手を差し出した。

「約束しますわ。ジャンネド様がいない時は馬に乗りません」

小指と親指だけを伸ばし、後の指は握りしめているレサーリアの拳をジャンネドは驚いたように見つめる。

「約束はいいが、それはなんだ？」

「約束の印ですわ、ご存じないのですか？　子供の頃からやっているのです」

「キオラの風習か、教えてくれ」

「こうやって、お互いの親指と小指をつけて……」

とうとうサダが本気で怒ってしまった。

「もう、本当に出発しますから！」

ジャンネドが出発した後、コッサとサダに付き添われてレサーリアは王宮を散歩した。

「そんなに警戒しなくても、今日は馬には乗りません」

サダとコッサがあまりに警戒しているので、ついからかいたくなってしまう。

「出歩くのもよくないのではありませんか？　もうすでにお子を身籠もっているかもしれな

いのに……お部屋に帰りませんか？」

ジャンネドと本当の夫婦になったことはもちろんコッサは知っている。以前の自分なら彼女の言い方に言い知れぬ反発を覚えただろう。

（でも、もう私は子供を産むための道具ではないわ）

ジャンネドは子供についてこう言っていた。

『私たちの子供はあくまでサイセンの子だ。その子をキオラの王にするために戦争をするつもりはない。安心してくれ』

夫の言葉にずっと自分にのしかかっていた重荷がふっと軽くなった。自分の産んだ子にキオラの呪いを背負わせる。そのことがずっと不安だったのだ。

不安だったのに、そんな立場から逃げることもできず、ただ流されるまま生きてきた。そんな生き方からジャンネドが救い出してくれたのだ。

（こんな日が来るなんて）

まだ信じられない。雲の上を歩いているようだ。

「はっ！　はっ！」

中庭で声が聞こえた。夫の妹であるノダラが剣の稽古をしているのだ。

「奥方様、早く通り過ぎましょう」

ノダラとはあの馬の件以来、きちんと話せていなかった。

「もうノダラ様にも遠慮をすることはないのですよ。レサーリア様は正式にジャンネド様の妻になられたのですから」

コッサがなにを言いたいのか、レサーリアにはわかっていた。ジャンネドと体の繋がりができたから、ノダラよりも強い立場だと言いたいのだろう。

(そんなこと、関係ないわ)

自分とジャンネドの関係は二人だけのことで、それによって弱くなったり強くなったりはしない。

それを示すため、レサーリアはノダラのほうへ一歩踏み出した。

「ノダラ様」

きっと自分の気配を察知していたノダラは、たった今気づいたかのように大げさに振り返った。

「おや義姉上、兄がいないのに出歩いていいのですか。またお怪我をしないうちにお部屋にお戻りなさい」

嫌味な言い方にコッサが顔を顰《しか》める。だがレサーリアはさらに一歩踏み出して中庭に出た。

「怪我ならもう治りました。ほら、ご覧なさい」

掌をノダラに向けて拡げる。馬から落ちた時にできたかすり傷はもうすっかり消えていた。

「そ、そうですか、それはようございました。兄上はすっかりあなたに夢中だから」

おろおろとするノダラが少し可愛く思える。思い切って彼女の手を取ってみた。彼女の皮膚は固く、指は節くれだっている。

「この間は落ちてしまったけれど、また馬を教えてください。次は落ちないわ」

背後で聞いていたコッサが驚愕《きょうがく》する。

「なにをおっしゃっているのですか！　ジャンネド様のお子を身籠もっているかもしれないのに、そんな危険なことを」

ノダラが反論する。

「いや、落馬で子は駄目にならない。サイセンの女は子が出てくる日の朝まで乗馬しているが、早く出てきたことはない」

「それはサイセンの人だからでしょう。レサーリア様は気高いキオラの人なのですよ」

「サイセンの女を馬鹿にするのか。生まれる子はサイセンの血も入っているのだぞ。強い子に決まっている」

二人の言い争いは終わりそうになかった。レサーリアは強引に止める。

「私はジャンネド様といつも一緒にいたいの。馬に乗ればどこへでもついていけるわ。私はそんな夫婦になりたいの」

馬を並べて街道をどこまでも行く、自分の金髪と彼の黒髪が風になびく。

そんな日が来たら、どれほど嬉しいだろう。

「馬だなんて……貴婦人がそんなことをしたら日に焼けてしまいます……」

コッサはまだ弱々しく反論するが、ノダラは嬉しそうに笑った。

「驚いた。義姉上はずいぶん変わられたのだな。それでこそサイセンの女だ」

「レサーリア様はキオラの女性です」

「だがここに嫁いできたのだからもうサイセンの女だ」

「いいえ、キオラです！」

また言い争いが始まってしまった。ふと横を向くとサダが呆《あき》れたように笑っている。思わず噴き出してしまった。

「ふふ、コッサにこれほど言い返せる人を初めて見たわ」

サダもとうとう笑い出した。

「私もです。ノダラ様に二言以上反論できる方はサイセンにはいませんでした。コッサ様は本当に勇敢な方ですね」

思わぬ方向から讃えられて二人は同時に口籠もる。

「それは……私はただ、レサーリア様のことだけを考えているからですわ」

「私だって、兄上の幸せを願っているのだ」

レサーリアはおかしくなってしまった。二人は意外に似た者同士なのかもしれない。

「ノダラ様、私の部屋にいらっしゃらない？　サイセンのことを教えて欲しいの。それに、コッサの話も聞いて欲しいわ。キオラ王国のことを知っているのは彼女だけだもの」

二人はしばらくもじもじしていたが、ようやくお互いに微笑み合った。

「大人しい姫と思っていたが、意外に骨があるのだな。私も義姉上とはゆっくり話してみたかったのだ」

結局ジャンネドはその日の夜遅く城に帰還した。だが、いつもなら必ず出迎えるはずのサダが現れない。

「静かに、奥方様の部屋へ来てくださいとサダ殿からの伝言です」

彼の言葉に従ってジャンネドは足音を忍ばせて妻の部屋に近づいた。すると中から笑い声がする。

「本当ですか、コッサ殿。キオラ貴族というのはそんな贅沢《ぜいたく》な暮らしをしていたのですか」

「本当ですとも。荘園から毎年たくさんの収穫が届くので、いったん噛んでから壺に吐き出すのです。それは豚の餌になるので、使用人より豚のほうがいいものを食べているのですわ」

大きな声で笑っているのは妹のノダラだった。彼女の声に混じってレサーリアの笑い声もする。

「このお話って、おかしいものだったのね。コッサが真面目に話すものだからいつも真面目に聞いていたわ」

ノダラがさらに大笑いをしている。

「こんなおかしい話がありますか！　豚のほうが人よりいいものを食っているだなんて。その肉はさぞ美味《うま》かったことでしょう。だって世界で一番美食家の豚なのだから」

部屋中がどっと沸いた。ジャンネドはそっと扉を開けると、頰を赤く染めたレサーリアが目を丸くする。

「まあ！　ジャンネド様、お帰りだったのですね。誰も教えてくれないからわからなかったわ」

王妃の部屋にはコッサの他にノダラとサダがいた。全員顔が赤いのはワインのせいらしい。

「いったいお前たちはなにをしているのだ？」

ノダラがレサーリアの肩を抱く。

「兄上、私と義姉上はとても仲よくなったのですよ。もうご安心ください」

「そ、そうか、それはよかったな……」

面食らっているジャンネドにサダがさっと歩み寄る。

「事情は奥方様からお聞きください。レサーリア様は素敵な方ですね」

「……お前が言わなくてもわかっている」

珍しく不機嫌そうなジャンネドとレサーリアを残して三人は出ていった。部屋はかたづけられ、夫婦は長椅子に並んで座る。

「お話ししてみたら、ノダラ様ってとっても楽しい方でしたのね。私たち、本当の姉妹になれそう」

「そうか」

なんだか不満そうなジャンネドの顔を覗き込む。

「どうされたの？　せっかく帰ってきてくださったのにそんな暗い顔をされているわ」

彼の手がそっと頬に触れる。

「馬鹿なことと笑わないでくれ。あなたがあんなに笑うなんて知らなかった。私の前では微笑むだけなのに……」

驚いた。ジャンネドが自分に対してそんな気持ちを抱くなんて。

「ごめんなさい」

「謝らなくていい。私は面白い話もできないし、あなたが笑ってくれて嬉しい。ただ、その場に私もいたかっただけなんだ」

レサーリアはその手をそっと握った。

「これから何度も私は笑うわ、ジャンネド様の側で」

彼の肩に頭を乗せる。

「本当の家族ができたみたいで、嬉しかったの」

自分を産んですぐに母は自死し、父は後ろめたさからか自分に笑顔を見せることもなかった。兄のマッシオも自分をできるだけ高く売りつけることしか頭にない。兄妹としての温かみもなかった。

サイセンに来て、最初はジャンネドしかいなかった。

だが今日、ノダラやサダとなんのわだかまりもなく談笑することができた。初めて家族ができた気持ちだった。

「ジャンネド様のおかげよ。あなたがここに連れてきてくれたから」

家族というのは温かい、初めてそう思えたのだった。

ジャンネドは妻の体をそっと引き寄せる。

「今夜、帰ってきてあなたが出迎えてくれなかった時、一瞬寂しいと思ってしまった。寝ていろと言ったのに、もしかしたら門まで来てくれるのではと期待してしまったのだ。自分がこんなに小さい人間とは知らなかった」

「ごめんなさい。次は先触れが来たら必ず伝えてもらうわ」

「いや、違う。あなたのことではなく自分のことだ。誰かを好きになるとこんなになってしまうなんて、思いもしなかった」

彼は腰に下げていた革袋からなにかを取り出した。それは萎《しお》れた花束だった。

「ああ、弱ってしまった。咲いている時は綺麗だったのに」

「これ……ジャンネド様が摘んできたのですか？」

白い花はごくありふれた小菊だった。

「何度も通った道で、いつも花が咲いているのも知っていた。だが今日通りかかったら、どうしてもあなたにこの花を見せたいと思ったんだ。恥ずかしくて、靴を直すふりをしながら摘まなければならなかった」

よく見ると花には土のついた根もあった。引っこ抜くように急いで持ってきたのだろう。

「ありがとう……本当に嬉しい」

瞼《まぶた》が熱くなった。これほど思いの籠もった贈り物があるだろうか。

ジャンネドが自分のことを考えながら、馬から降りて花を摘んでくれた。その行為はダイヤモンドや金糸の布にも勝る宝だった。

立ち上がって水差しからゴブレットに水を注ぐ。その中に小菊を挿した。

「こうして水につけておけば、生き返るかもしれません」

背後にジャンネドが立つ。

「また摘んでこよう。今度はもっとたくさん」

「いいえ、あまりたくさん摘んでしまっては可哀想だわ。こんなに綺麗に咲いているのに」

背後から長い腕で抱きしめられた。

「あなたは優しいな」

(優しいのはジャンネド様よ)

彼の心の中に、花を愛《め》でる気持ちがあることが嬉しかった。

強い肉体に隠れていた、宝石のような心。

それに触れることができるのは自分だけだった、それが嬉しい。

「愛している」

正面を向かされ、深く口づけをされた。

「ああ……」

彼の口は大きくて、すっかり唇を塞がれてしまう。長い舌で口腔《こうこう》内が一杯になる。

「あなたの息を、全部吸ってしまいたい」

ジャンネドの吐息は湯気のように熱く、吸い込むと頭がくらくらする。

立ったままドレスを脱がされていく。白い体がジャンネドの前に現れた。

「美しい、花のようだ」

レサーリアは細い胴のまま、腰や腿に柔らかな肉がついていた。少女から女の体に変わろうとしていた。

ジャンネドも服をその場に脱ぎ捨てる。若い黒毛馬のような艶やかな肉体だった。

「あなたの体を味わいたい」

彼はその場にしゃがむと大きな乳房を揉みながら腹に口づけをする。そのまま顔を下に移動させ、足を開かせた。

「ああん……」

柔毛を掻き分けるように舌先が進んでいく。ふっくらとした肉に触れると、レサーリアの体がびくっと震えた。

「ふあ……」

ちろちろと動く舌先が小さな粒を探り当てた。ねっとりと回すように動くと、足ががくがくと痙攣する。

「あ、もう……」

レサーリアの花は水を与えられて、開いていった。香りを振り撒き、蜜を垂らす。

「入るよ……」

ジャンネドは立ち上がるとレサーリアの体を抱え上げた。すでに隆起している肉体に濡れた花を押し当てる。

「あああ……！」

立ったままの行為は初めてだった。子供のように抱え上げられ、下から貫かれる。

「やうっ……」

小さな尻を鷲掴みにされて深々と挿入された。自分の体の重みで最奥まで彼の先端が届いた。

「深い……すごい……」

レサーリアも彼の首に掴まった。広い肩は頑丈な幹のように固く、揺るぎがない。大木に掴まる栗鼠《りす》になったようだ。

「しっかり掴まって……あなたの体は羽根のように軽い……」

ジャンネドは繋がったまま寝台に移動し、妻の体を横たえた。細い足首を掴むとさらに奥へと突き進む。

「ひゃんっ……」

寝台にはレサーリアだけが寝ている。ジャンネドは床に立って、妻の体とは垂直に交わっていた。腰が自由に動くので、挿入の幅が大きい。ぎりぎりまで抜いて、そこからじわじわと入れていく。

「いや、それ……駄目なの……」

初夜の日からほぼ毎日抱かれているレサーリアの体は、もうすっかり夫のものに馴染《なじ》んでいた。細い体はその中に豊かな果肉を育てている。

「あなたの中が……柔らかくて、温かい……」

たっぷりと愛され、蜜を含んだ果肉が男の肉に絡みついた。快楽を感じるたびに収縮し、奥へと引き込んでいく。

「ああ……いいの……」

最初は圧迫感しか感じなかった内部の孔も、今は彼の脈動すら伝わるほど敏感になっていた。ゆっくりと擦られると、気が遠くなるほど気持ちいい。

「こうすると、よくなるのだろう？」

ジャンネドは腰の前部を押しつけるように動かした。そうするとレサーリアの淫芯が刺激されて、快楽がさらに深くなる。

「あ、そうすると、いいの、いく……！」

彼のものを入れたまま、レサーリアは一気に達した。熱い果肉は蜜を吐き出しながら何度も収縮する。

「いいよ……私も、いきそうだ、出すよ……！」

熱く火照った蜜壺の中に、男の精が吐き出された。ぶるぶるっと震える肉棒の感触にレサーリアはさらに悶絶する。

「やうっ、また、またいっちゃう……！」

浅い痙攣が何度も襲う。ジャンネドが体内から抜けてもまだ余韻が体内に溜まっていた。

「あ、花が」

ふと振り返ったジャンネドがゴブレットに挿した花に気がついた。白い小菊は水を吸って生き生きと咲いている。

「よかったわ、生き返って」

彼がゴブレットを枕元の台に置いてくれた。水を与えられ綺麗に咲いている、小さな白い花。

(私みたい)

以前は日陰で、ろくに水も与えられず生かされているだけだった。

ジャンネドに摘まれ、水を与えられて生き返ったのだ。

(彼に巡り合えて、よかった)

ジャンネドなしの生活など、もう考えられなかった。

「愛している……」

ジャンネドの欲望は一度では収まらなかった。まだ余韻の残るレサーリアの体を愛撫し、もう一度燃え立たせる。

「綺麗な背中だ」

薄い皮膚の下の華奢な骨を、一つずつ口づけで触れていく。埋み火のような欲望が、再び燃え上がる。

「ああ……」

四つん這いの形にされ、小さな尻に口づけをされながら彼の指が後ろから入ってきた。以前は入るだけで痛んだ孔はもう奥深くまで受け入れられる。

「まだ熱い……動いているよ」

指で中の隅々まで探られ、感じるところを直接触れられた。

「あ、そこ……変……」

内部のざらざらしたところを擦られる。すると孔が勝手に収縮してしまう。

「やう……また、いっちゃうの……」

腰が勝手に動いて蜜を垂れ流した。ジャンネドの長い指を伝って溢れ出すほど濡れている。

「ここが、いいのか？」

淫孔の壺を刺激しながらジャンネドは下向きに揺れている乳房に触れた。大きな果実のような胸を包んで、先端を摘まむ。

「あ、駄目……すごい、の……！」

上と下、両方を刺激されてレサーリアの細い体は一気に燃え上がる。何度も痙攣しながら再び登りつめていった。

「中が気持ちよくて……また入れたい」

彼は指を抜くと後ろから自身のものを入れてきた。疼いた肉を激しく刺激されて思わず悲鳴を上げる。

「ひああ、ああ……！」

こりこりとしこっているところを肉棒の先端で直接突かれる。深い快楽の底に沈められる——。

「あ、いく、また、いく、いくの……」

彼に後ろから貫かれたままレサーリアは達した。燃え上がった体は肉棒の形に溶けて、ねっとりと絡みつく。

「たまらない、この感触が……一晩中でもできそうだ、ああ、愛している……私の妻……」

獣の姿のまま二人は睦み合った。二人の痴態を見ているのは、白い野の花だけだった。

五　運命の手

サイセンに長い冬がやってきた。山の上から徐々に白くなっていき、ある日城の庭が真っ白な雪に覆われる。

冬に備えていたサイセンの民は、雪に覆われている間は室内で織物や木彫りの器作りに精を出すのだった。

初雪が降った日の週、城では種豚を残して後は肉にしてしまう。豚小屋が凍って生かしておけないので城内で飼わなくてはならない。全部の豚は残せないのだ。

枝肉は塩漬けにして長く保存する。だが内臓は長持ちしないので、この時期は城で新鮮な内臓料理がふるまわれるのだ。

「内臓なんて、キオラでは使用人しか食べませんよ」

コッサは最初レサーリアに食べさせようとはしなかったが、鍋で何時間も煮た腸のスープや肝臓のパテは美味しかった。コッサもいつの間にか何度もお代わりをしている。

肉の塩漬けが終わる頃には、城の周りはすっかり雪化粧を施されている。

「綺麗ね」

塔にジャンネドと登り、白く輝く山を見てレサーリアは言った。

「昔は冬が嫌いだった。馬に乗れないし、ずっと部屋の中で退屈していた」

ジャンネドがぽつんと呟いた。

「だが今年は違う。部屋の中であなたと過ごすことができる。遠くまで視察に行かなくてもいい。こんなに楽しい冬は初めてだよ」

レサーリアも同じ気持ちだった。

(冬だけじゃない、春も夏も、ずっと寂しかった)

たった一人、キオラの純潔種である自分は他の人間と隔絶されて生きてきた。

うかつに男性とかかわって、血を汚されることを父や兄は恐れていたのだった。

コッサだけがずっと側にいてくれたが、彼女も自分を『キオラの姫』としか見てくれなかった。

サイセンに来て、ジャンネドと出会ってやっと人間になれた気がする。

(一生、このままでいたい)

雪が外界と自分たちを隔てている。白い繭《まゆ》の中にいるようだ。

(これだけでいい)

温かい部屋と充分な食べ物、そしてジャンネドがいればいい。

一度も見たことのない空中庭園、きっとそこも綺麗だろう。

だが、ジャンネドがいなかったら自分はそこを美しいとは思わないだろう。

「……大丈夫よね？」

ジャンネドの顔を見上げながら尋ねる。

「戦争は始まらないわよね？　兄が百人兵を集めるなんてできるはずないわ」

ジャンネドは小さく頷いた。

「おそらく大丈夫だ。定期的にキオラの人々の様子をうかがっているが、兵の訓練もしていないようだ。百人どころか、十人も集められないだろう」

レサーリアは安堵《あんど》した。この生活を奪われること、ジャンネドがいなくなること、それが一番恐ろしい。

「私はここが好きよ。一番綺麗な国だと思うわ」

夫がくすくすと笑った。

「あなたは他の国を知らないだろう。アレッシオーレはもっと華やかだし、他にも美しい国はある。いつか一緒に行こう」

「ええ、ジャンネド様と一緒なら、どこへでも」

彼が隣にいるのなら、きっとどこでも美しいはずだ。

「まずはサイセンの美しいものを見に行こう。雪が解けたら山の中の滝を見せたい。水しぶきでいつも虹が出ているのだ。春になったら一面、白い花が咲く湿原がある。夏には涼しい湖畔に行こう。あなたに見せたいものがまだまだあるんだ」

彼の胸にそっと頬を寄せた。

「楽しみだわ」

　空から白い綿のような雪が再び降ってきた。ジャンネドはレサーリアの体を毛皮で包んで城の中に入る。

「体をいたわるのだ。今は体調がよくないのだろう」

　今レサーリアは月のものが来ていた。そんな時はいつも眩暈《めまい》がするのだ。

「ありがとう、でも最近は調子がいいのです」

　食事をきちんと取っているせいか、あまり風邪も引かなくなった。以前はよく寝ついて月のものの間隔もまばらだった。

　サイセンに嫁いでしばらくしてからレサーリアの体には安定した月経が訪れるようになった。眩暈を起こすこともなくなった。

（いつか、彼との子供ができるかも）

　その子と共に、サイセンでいつまでも幸せに暮らしたい。レサーリアの望みはそれだけだった。

　雪に包まれて、レサーリアとジャンネドの幸せな暮らしはゆっくり過ぎていった。

　この暮らしが一生ずっと続いていく、そう思い描いていた――。


　長く続いた冬もやっと終わろうとしていた。ある日、雪が雨に変わって街道の雪が消え、やっと外との交通手段が回復した。

キオラからマッシオが到着したのはそんな日だった。

マッシオの乗ってきた馬は雪と泥で腹まで汚れている。全身から汗が湯気となって立ち上っていた。

「義兄上、よく来てくださった。すぐに歓迎の準備をしましょう」

ジャンネドはマッシオの来訪を喜んでいたが、レサーリアは不安だった。まだ道の悪いこの時期にどうして兄が来たのだろう。

「お兄様、お元気でしたか？　キオラの皆さんも息災かしら。今年の冬も厳しかったですね」

礼儀正しくお辞儀をするレサーリアにマッシオは近づいて手を握る。

「喜べ、お前の願いがかなうぞ」

(私の願い？)

兄はなにを言っているのだろう。不安が増大する。

宴会を開くというジャンネドをマッシオは止めて、三人で部屋に籠もった。ワインと塩漬け肉のスープだけが提供される。

「サイセンはやはり豊かですな。冬でも食料がたっぷりある」

腹を空《す》かせていたのか、マッシオはスープの具をあっという間に平らげてしまった。

「お代わりを持ってこさせましょう。鶏も焼きましょうか」

口の周りを脂で汚したマッシオはぐいっと手でぬぐって目を光らせた。

「鶏か、ありがたいが食料はこれからの戦に備えておいてくれ」

(戦!?)

驚愕するレサーリアとジャンネドに向かってマッシオは宣言した。

「喜んでくれ。我がキオラは百人兵をそろえた。これでアレッシオーレを手に入れることができる」

夫の顔がみるみる青ざめていくのをレサーリアは見ていた。

「どうやって? キオラには年寄りを合わせて百人も男性はいないはずよ。百人もの兵をどうやって集めたのですか?」

ジャンネドより先にレサーリアが口を開いたのでマッシオは驚いたようだった。

「はしたないぞ、夫より先に口を出すなんて。しかもことは戦争だ。女は黙って男を支えればいいのだ」

ジャンネドはレサーリアに近づき、肩を抱いた。

「いや、ことはキオラの命運にかかわる。妻にも考えがあるだろう。私も兵の件は聞きたいと思っていたのだ」

夫が自分の味方になってくれて安心した。真っ直ぐ兄の目を見つめて詰問する。

「兵はどうやって集めたの。それを知らなければ戦争には協力できないわ」

マッシオは片頬に冷たい微笑を浮かべた。

「やれやれ、人形のような娘だったのに結婚すると強くなるのだな。よかろう、お前にも教えてやろう」

彼は持ってきた革袋から一枚の羊皮紙を取り出した。

「これは傭兵団の団長と取り交わした契約書だ。見ろ、兵百人借り受けると書いてあるだろう」

レサーリアはジャンネドと共に契約書をよく読んだ。マッシオの言った通りだった。そして、その契約金は見たこともないほど高額だ。

「義兄上、契約は確かに本物らしい。だがこの金子はどうやって調達したのですか。失礼ながら、キオラにそこまでの蓄えがあるとは思えない。もしや高利貸しから借りたのでは？」

マッシオの目がぎらりと光った。

「ジャンネド殿、いくら妹の夫とはいえ侮辱は許しませんぞ。誇り高いキオラが卑しい金貸しの力を頼るわけはない」

「しかし、ではどうやって」

レサーリアも夫の加勢をする。

「お兄様、本当のことを言ってちょうだい。サイセンの兵の命がかかっているのよ。疑問はすべて明らかにされなければ戦争はできないわ」

兄は黙り込んだ。顔が赤黒く染まる。

「……先祖伝来の宝物を売ったのだ。ルビーやサファイヤの首飾りを」

「嘘よ、そんなものはとうの昔になくなっているわ」

キオラの民は放浪の旅の途中で宝物類はすべて失っていた。生きるために売り払ったり、使用人に盗まれたりしたのだ。

「隠し事はしないで。たった二人の兄妹ではないですか」

マッシオはゆらりと立ち上がった。その目は見たこともないほど吊り上がっている。

「ならば、お前にだけは話そう。それを夫に言うかどうかは自分で判断しろ」

ジャンネドは退室し、マッシオと二人きりになった。兄はゴブレットに入ったワインをぐっと飲み干す。

「教えてください。本当に百人の兵が来るのですか？」

もしかしたら嘘かもしれない、兵士など集まっていないのでは——そんな期待を抱いていた。

(このままでいたい)

アレッシオーレと戦いなどせず、サイセンでずっと暮らしたい。レサーリアの願いはそれだけだった。

マッシオはそんな妹をじっと見つめている。

「ジャンネド殿と仲睦まじいようだな」

突然二人の仲に言及されて思わず口籠もる。

「……なぜそのことを？」

「コッサが定期的に手紙を送ってくれる。あれは字が書けるからな」

コッサにまるで間諜《かんちょう》のようなことをさせていることに腹が立った。

「ええ、私はジャンネド様と仲がいいわ。そうしろとおっしゃったじゃないですか。もうすぐ子供も生まれるかもしれない」

マッシオの顔色が変わる。

「今身籠もっているのか？」

「い、いいえ……でも、時間の問題だわ」

つい最近月のものがきたので、今は妊娠していない。だがこのままジャンネドと過ごしていればやがて子供ができるだろう。

兄の表情がやや緩んだ。

「そうか、お前があの男の子を産んでいないのは幸いだ。戦争になったらジャンネド殿が無事かどうかわからんからな。もし彼が身罷《みまか》ったらすぐ次の夫を探そう」

レサーリアは青ざめた。

「……私の夫は、ジャンネド様以外考えらえないわ」

怒りと悲しみで握りしめた両手が震えた。

「もし、もしこの戦争でジャンネド様が死んだら私は尼になります。あるいは悲しみで死ぬかもしれない。そこまで考えて戦争をするのですか？」

すでに自分の気持ちはアレッシオーレからも、キオラ王国再建からも離れている。そのことをはっきり言わなければ。

(怖い)

生まれた時から言い聞かせられてきた、いつか先祖の土地へ帰るのだと。お前はそのために生まれてきたと。

(でも、それは間違っていたの)

自分は母サロネの悲しみのもと生まれてきた。もうそんなことはやめさせなければならない。

血の連鎖はここで断ち切るのだ。

「お兄様、正直に言います。私はもうアレッシオーレに関心はありません。それはジャンネド様も同じ気持ちよ」

確かに彼も言っていた、アレッシオーレに戦争を仕掛けたいわけではないと。

「どうやって傭兵を雇ったかわからないけど、とても無理をしたのでしょう。そんなことはやめてちょうだい。そのお金があるのなら、皆にもう少しいい暮らしをさせてあげてください。毎日お腹《なか》一杯食べさせてあげて」

マッシオの目がぎらりと光った。

「お前は考え違いをしている」

「え?」

彼の口が大きく横に開いた。それは悪魔のような笑顔だった。

「戦が嫌だとかどうとか、お前の意思はもう関係ないのだ。もう戦争は、とっくの昔に始まっている。後戻りはできん」

兄がなにを言っているのかわからなかった。

「どういうことなの、まだなにも……」

次の瞬間、強く顔を摑まれ壁に押さえつけられる。

「嫌……！」

兄の顔がすぐ側にあった。

「この肌、この髪、私がどれほど欲しているかわかるか」

熱い息がかかる。レサーリアはそれに嫌悪感を覚えた。

「キオラの純粋の血統を受け継いだお前がどれほど羨ましかったことか。私がお前なら、喜んで自分の身を捧げる」

目が熱い。いつの間にか涙を零していた。

「この血のために……サロネ様が、私のお母様がどれほど苦しんだかご存じでしょう。苦痛から逃げるため死ななければならなかった」

キオラの子を産むため実の兄と番《つが》い、何度も流産をした。その後も子を宿すことを命じられ、とうとう自害したのだ。

「血に縛られているから苦しむのよ。そんなもの、捨ててしまえばいい。私はもうキオラ再建はいらないわ。空中庭園に行かなくてもいい。一生サイセンで終わるのよ」

自分の顔を摑むマッシオの力が強くなった。目の中に怒りが見える。

「……いいだろう、お前の意思はわかった。だがそんなこと、もうどうでもいいのだ。戦争は始まる。私の兵百人とサイセンの兵士でアレッシオーレを落とす」

「そんなお金、どうやって調達したの！　キオラにそんなものあるはずないわ。この目で見なければ絶対信じない」

マッシオの目が細くなった。息が荒い。

「……体を張っているのは、お前だけじゃない」

「どういうこと？」

兄の言っていることがわからない。

「見ろ、金はあるんだ。私が、私の力で稼いだんだ」

マッシオは小さな革袋を取り出した。中身を机の上にぶちまける。金貨が何枚も転がり出てきた。

「いったい、どうして……」

普段から畑作業もろくに行っていなかった兄だった。どうやってこんな大金を得たのだろう。

「お前の結婚前から私は種を蒔いていたんだ」

兄は立ち上がって朗々と語り出した。

「お前は身をもって知っているはずだ。キオラの血がどれほど貴重なものか。それでサイセンの王妃になれたのだから」

胸が苦しくなった。自分がこの血のせいでどれほど悩んだことか、ジャンネドがその楔《くさび》から解き放ってくれたのがどれほど嬉しかったか、兄は知らないのだ。

「……私は嬉しいと思ったことはないわ」

突然手首を掴まれた。

「いい気なものだ。子供の時からお前は特別扱いだった。一人大きな部屋を与えられ使用人もつけてもらえた。キオラの力はすべてお前に注がれたのだ。そのことを忘れるな」

それすら、自分が望んだものではない。閉じ込められ、籠の鳥だった。ただ美しく鳴くことだけを求められていた。

「話を逸らさないで、どうやってお金を稼いだの。高利貸しの力を借りたのなら後で返さなければならないのよ」

マッシオの顔が近づいてきた。

「キオラの血を持っているのはお前だけではない。私だって半分キオラなのだ」

もちろんそうだ。父のニアキロはレサーリアと同じ金髪と灰色の瞳だった。使用人の女性を母に持つマッシオは髪こそ茶色いが肌は白く、瞳は灰色だった。

「キオラの血を引く女は引く手あまただ。知っているだろう」

そのくらいレサーリアも知っていた。アレッシオーレを追われた時、家族のために身売りをした貴族の娘が何人もいたという。

でももう、キオラの若い娘はレサーリア以外いなかった。身売りのできる者はいないはずなのに。

「私は人買いのところへ行った。高級娼館に女を売っている奴らだ。そこでこう提案した。『私の子供を作って、それを売ってくれ』と」

なにを言っているのかわからなかった。マッシオはまだ妻はいないはずなのに。

「お兄様の子供など、いないでしょう……？」

兄は呆れたように首を横に振った。

「私の跡を継ぐ子供じゃない。人買いのところにいる、卑しい女と番ったのだ。キオラではないが、できるだけ髪の色が薄くて金髪に近い女を選んで子種を与えた。正直苦痛だったよ。私の気高い血を淫売に与えるなんて――だがそれもすべてキオラのため、お前のためだ」

頭を殴られたような衝撃だった。売るための子供を作る？

「冬前に三人、子供ができた。二人は女で一人は男だ。女の子はお前に少し似た、可愛い子だ。高級娼館が高値で買ってくれた。大事に育てて、金持ちに売るそうだ。その金で傭兵を雇うことができた。約束通り、百人そろえることができたんだ。これでサイセンの兵とアレッシオーレを奪うことができる」

「やめて！」

レサーリアは悲鳴を上げた。兄はいつの間にか、悪魔になってしまっていた。どうしたら救うことができるのだろう。

「そのお金は返して、子供を取り戻してちょうだい。生まれながらに娼館に売られるなんて、あまりにも哀れだわ。サイセンに引き取ってここで育てれば……」

「うるさい！」

強く突き飛ばされ、レサーリアは地面に倒れた。

「お前だけ幸せになろうというのか。キオラの人間たちはアレッシオーレに帰る日を心待ちにしているのに、自分だけ抜け出そうというのか」

床から兄を見上げる。恐ろしかったが、負けるわけにはいかない。

ジャンネドと、サイセンの民の命がかかっているのだ。

「本当に帰れると思っているの？　お兄様も私も見たことのない都じゃないの。たとえサイセンの兵が味方してくれたって、アレッシオーレは落ちるのですか」

確かにサイセンの兵は強い。だがアレッシオーレは大都市だ。城壁も大きいだろう、強大な武器も持っているだろう。たかが百人の傭兵で立ち向かえるのか。

「うるさい！」

マッシオの目はもう自分を見ていなかった。

「アレッシオーレにはキオラ一族を待っている民がたくさん残っているのだ。我々がやってくれば、内部から彼らが立ち上がるに違いない。アレッシオーレは再び昔の栄光を取り戻すのだ」

胸が冷たくなっていく。兄の顔はすでに人間らしい感情が消えていた。妄執が彼を鬼にしてしまったのだ。

(マッシオを止めるのは無理)

自分の子供を売り飛ばすなんて、人の心を失ってしまったのだ。

(ジャンネド様に頼むしかない)

アレッシオーレを攻めるなど自殺行為だし、自分がそれを望んでいないことは彼も知っている。

(兄を止めてもらおう)

興奮しているマッシオを残してレサーリアは部屋を出ていった。


夫は二人の寝室で静かに座っていた。

その目には悲しみが宿っている。

「ジャンネド様……」

彼の前に跪いて手を握る。

「戦争など、しないわよね。私がアレッシオーレを欲しがってないことは知っているでしょう」

ジャンネドは無言だった。不安が胸に積もってくる。

「マッシオは自分の子供を人買いに売って傭兵を雇ったのよ。そんなお金で勝っても嬉しくないわ。今すぐ中止して、兄の子供を取り返さなければ」

彼がようやく自分を見た。

「それは、できない」

呼吸が急に細くなった。どうして彼はそんなことを言うのだろう。

「サイセンとキオラは確かに契約を結んだ。これを一方的に破棄することはできない。私だけではない、国の名前に傷がつくのだ」

苦しい。自分はどうしたらいいのだろう。夫を助けるために、なにができるのか。

「では……勝てるのですか？　キオラの傭兵とサイセンの兵で、アレッシオーレを落とせるの？」

彼は悲しそうに笑った。

「いいや、いくら我々が強くてもアレッシオーレの武器にはかなわない。たかが百人の傭兵が加わったところで太刀打ちできないだろう」

「ならば、戦争などしないで！」

レサーリアは彼の膝に突っ伏して泣いた。

「お願い、どんな不名誉でもいい、死なないで……私を一人にしないでください」

ようやく手に入れた、本当の家族だった。それを、自分の血のせいで再び失おうとしている。

ジャンネドは大きな手で小さな頭をゆっくりと撫でた。

「私は、やはりサイセンの男だ」

レサーリアは顔を上げた。夫の表情は穏やかだった。

「あなたのために戦って死ぬ、そう思うと不思議に血が沸き立つ。これこそ自分の死に場所と思うのだ」

(なにを言っているの？)

理解ができなかった。だがそれがサイセンの国風なのだろうか。自分がキオラの血に囚われていたように、彼はまだサイセンの血の中にいる。

「私はあなたのために戦い、森の中に帰る。あそこで祖先と一緒にあなたを見守っているよ」

「嫌……！」

縋りつこうとしたがジャンネドはすっと立ち上がり、出ていこうとする。

「どこへ行くの……」

「今日から寝室は別にしよう。あなたはまだ私の子を宿していない。それが幸いだったと思おう」

レサーリアは月のものが来たばかりだった。確かに今は妊娠していない。

「お願い……」

ジャンネドの背中にレサーリアは抱きつく。これが最後の機会だった。

「どうしても戦争に行くのなら、せめてジャンネド様の子供が欲しい……抱いて……」

大きな背中から体温が伝わってくる。その熱が高くなったような気がする。

だが、ジャンネドは振り返るとそっとレサーリアの手を外した。

「もし子供ができてしまったら、その子の顔を見ずに死ぬことがつらくなってしまうだろう。戦争を止める口実を探してしまうかもしれない。そんなみっともないことはさせないでくれ」

「ジャンネド様……！」

みっともなくてもいい、生きてさえいてくれれば。

「あなたは誰か、いい人を見つけて幸せになって欲しい。それが私の唯一の望みだよ」

そういって彼は部屋を出ていった。レサーリアはその場に崩れ落ちることしかできなかった。


ジャンネドは自分で宣言した通り、その日から部屋を分けた。寝室だけではなく、食事の時間もずらすようになった。

レサーリアはいつの間にか自分の部屋で一日過ごすようになっていた。以前キオラで過ごしていた時と同じ暮らしに戻ったようだった。

「これでよかったんですよ。レサーリア様はキオラの姫なのですから」

コッサは嬉しそうな、だが少し寂しそうだった。彼女もようやくサイセンの暮らしに慣れてきたところだったのだ。

「アレッシオーレとの戦争は、勝てるのかしら」

外から雄たけびが聞こえてくる。戦争が決まってから男たちは一斉に訓練を始めたのだ。冬が終わり、街道の雪が消えればすぐ宣戦布告をしてアレッシオーレに攻め込む。

「サイセンの男たちは戦争が好きなのですよ。聞いてごらんなさい、あの声を。生き生きしておりますわ」

確かに男たちの声には張りがある。だが、皆本当に望んで戦地へ赴くのか。

『この国を変えたい』

ジャンネドは以前そう言っていた。これは彼の望んだ運命なのだろうか。

「皆、レサーリア様のために死ぬことを望んでいるのです。ただ年老いるより、戦で死んで森に葬られるのが名誉と言うではありませんか」

彼もそう言っていた。だがそれは本音なのだろうか。

二人で生きていくより戦いで死ぬほうがいい、そんな人間がいるのだろうか。

人なら皆、家族と平和に暮らしていくことを喜びとするのではないのか。

(これは私が世間知らずだからなの？)

サイセンで一年暮らしたが、やはりこの国の考え方はわからないのか、レサーリアは絶望しそうになった。

(駄目)

部屋に閉じ籠もっていては暗くなるばかりだ。ある日、レサーリアはコッサと共に部屋を出て中庭に向かった。ジャンネドと兵士たちは城を出て隊列の訓練をしているという。

そこに会いたい人間がいた。ノダラがいつものように剣の稽古をしていたのだ。

「義姉上、おめでとうございます。いよいよアレッシオーレ奪還ですな」

剣の素振りをしていたノダラが振り返った。その頬は赤く染まっていて悲しみなどみじんも見えない。

(このまま、なにもできず戦争になってしまうのか)

レサーリアは無言で義理の妹を見つめる。

「どうしたのです、浮かない顔をして」

思い切って、心を打ち明けた。

「私は……戦争を望んでいないのです。アレッシオーレなどいらないわ」

ノダラは剣を鞘《さや》にしまうと大股で近づいてくる。

「義姉上は外の女性だからわからないでしょうが、サイセンは戦いの民だ。兄上が王になってから五年、一度も戦闘がなかったのが珍しい。ようやく死に場所ができて皆喜んでいる」

五年戦いがなかった、それがジャンネドの意思ではないだろうか。

「あなたはそれでもいいの？　ジャンネドが、あなたの兄上が死ぬかもしれないのよ。本当にそれでいいと思っているの」

ノダラの顔が複雑に歪む。

「……義姉上こそ、しっかりなさい。あなたはサイセンの王妃なのですよ。戦いに送り出すことが役目ではないですか」

それでいいのだろうか。本当に自分はそれしかできないのか。

「……私は、そんなことは嫌」

なぜだかノダラにははっきりものが言えた。

「やっとできた、私の本当の家族だもの。それを、望んでもいないアレッシオーレのために失うなんて嫌。なんとかならないかしら」

「なりませんね」

ノダラはあっさり言った。

「義姉上と結婚した時点で戦争は決まっていたことだ。今さら後悔しても遅い。あなたに惚れた兄上が悪いのだ」

立ち去ろうとするノダラの腕をレサーリアは摑んだ。

「なにをするのです」

「ならば、私がいなくなればいいのね」

ノダラも、側にいたコッサもぎょっとした表情になった。

「なにを考えておられるのです、まさか」

レサーリアはぎこちなく笑った。

「安心して、早まったことは考えていません。一つ考えていることがあるの」

レサーリアはコッサを下がらせ、ノダラに自分の考えを打ち明けた。

「私、アレッシオーレに行こうと思う。今の王に会って、戦争を止めてもらうの」

「はあ?」

呆れられることはわかっていた。考えなしの、世間知らずのやり方だろう。

だが自分にはこんな方法しか思いつかないのだ。

「向こうだってわざわざサイセンの兵と戦いたくないわ。私が向こうにいれば、ジャンネド様も攻め込んでこないと思うの」

ノダラはしばらく口をぱくぱくさせながら黙っていたが、徐々に落ち着いていった。

「それは……確かに戦争はなくなるだろう。王妃が敵側についたのだから」

「そうでしょう」

自分の考えが認められて嬉しかった。

「だが義姉上はそれでいいのか? そんなことをすれば、もう二度と兄上とは会えなくなるぞ。国を裏切った売国妃と呼ばれるかもしれん」

それは今まで、部屋の中で何度も考えたことだった。

「……それで、いいわ。戦争が始まったらジャンネド様が死ぬ、二度と会えないのは同じじゃない」

もし自分のためにジャンネドが死んだら、自分も生きてはいられない。

ならば、離れ離れになっても彼が生きているほうがずっとましだった。

「それだけじゃない、義姉上は故郷の家族とも会えなくなるのだぞ。父上や、兄のマッシオ殿にも」

心が冷えていく。自分がなんの躊躇《ちゅうちょ》もなく一族を捨てられることが悲しかった。

「いいの……もともと、無理な話だったのよ」

キオラ王国は、自分が生まれる前に終わっていたのだ。

すでに終わった命を無理矢理生かそうとした。

そのために生まれたのが自分だった。

キオラ王国の息の根を止めるのは自分しかいない。

「私がいなくなれば、皆目を覚ますでしょう。田舎で心穏やかに暮らしていける。そのほうがいいのよ」

いつまでもかなわぬ夢を見ながら生きるのはつらい。帰れない故郷を思いながら死ぬより、今の暮らしを愛したほうがましだ。

(私は、そのために生まれたのかもしれない)

キオラの亡霊を断ち切るためにこの世に生を受けた、そのほうがしっくりくる。

「本当に、いいのか？　アレッシオーレに入れば誰も守る者はいない。王に会ったらなにをされるか……操を奪われるかもしれない。義姉上はまだあの国の敵なんだ。死ぬよりつらいことをされるかもしれない」

ノダラが本気で自分を心配してくれていることはわかっていた。そんなことをしてくれたのはジャンネドと彼女だけだ。

「ありがとう」

そっと彼女の頬に触れる。その内側は細かく痙攣していた。

「私のことは気にしないで……どんな、つらいことがあってもジャンネド様が助かるなら我慢するわ。だって、私は……サイセンの王妃だもの」

ノダラの黒い瞳から涙が零れた。

「義姉《ねえ》さん……！」

強く抱きしめられた。背が高くがっしりとした体形のノダラが子供のように泣き出す。

「本当は怖かった……兄上が死んだら、どうしようって……」

レサーリアは何度も彼女の背を撫でた。初めて彼女を本当の妹と思えた。

「あなたの力が借りたいの。アレッシオーレに入るには私一人では無理だわ。どうにかならないかしら」

ノダラは涙をぬぐってしばらく考えた。

「アレッシオーレと農作物の交易をする農民たちがいる。宣戦布告前なら、彼らに化けて入れるだろう」

サイセンは農業国なので麦や野菜を各国へ輸出していた。

「知り合いの麦農家に頼んでみよう。アレッシオーレに入れば後はなんとでもなる」

レサーリアは力強く頷いた。

「私はコッサを説得するわ。彼女が協力してくれれば、私が抜け出してもばれないもの」

最大の心配事はそれだった。もしコッサが自分の目論見《もくろみ》をジャンネドやマッシオにばらしたら、そこで終わる。

だが、胸を痛めながら自分の考えを打ち明けるとコッサは意外に静かな表情だった。

「では、私は姫様がお部屋にいるふりをしていればいいのですね」

「……反対しないの？」

あれほどアレッシオーレに戻ることを望んでいた彼女が、あっさり味方してくれることが意外だった。自分を騙してマッシオに密告するつもりではないだろうか。

「私は、キオラとサイセンが合わさってもアレッシオーレに勝てるとは思っていませんでした」

驚いた。あれほど戦争を喜んでいると思っていたのに。

「私はレサーリア様がキオラの姫として死ぬことを夢見ていました。戦いに負けて、敵に捕まる前にご一緒に自害しようと」

コッサは小さな小瓶を取り出した。その中には致死量の毒が入っている。

「私はアレッシオーレに帰りたかった。あの美しい都に」

年老いた彼女の瞳に涙が浮かんでいた。キオラ王国を知る最後の生き残りだった。

「でも、サイセンでどんどん美しく、明るくなる姫様を見ていると、私の夢と姫様の夢は違うのではないか、そう思うようになったのです」

レサーリアは彼女の手を取った。アレッシオーレを出た時には子供だった彼女の手は、今では細かい皺《しわ》が刻まれている。

「私の夢は私だけのものです。姫様は姫様の夢を追いかけてください。私はそのお手伝いをいたしますわ」

「ああ……！」

思わず彼女を抱きしめた。一人きりの子供時代から、ずっと側にいてくれた母のような存在だった。

「コッサ、ありがとう……いつかきっと、あなたをアレッシオーレに連れていくわ」

コッサも震えるように泣き出した。

「もったいないお言葉……それだけでコッサには充分でございます」


戦争が始まる前、参加しない女性や子供たちは山奥の砦《とりで》に引き籠もる。略奪の被害に遭わないためだ。

「私も明日、砦へ移動します」

城で過ごす最後の夜だった。二週間後、アレッシオーレに宣戦布告し、戦争が始まる。

「元気でな」

ジャンネドは言葉少なに別れを告げた。あの日以来、会話すらほとんど交わしていなかった。

「ジャンネド様、私を見て」

大きな彼の体を強引に自分のほうへ向ける。

「今日で最後になってしまうのよ。口づけすらしてくれないの？」

長い睫が伏せられている。

「……そんなことをしたら、未練が残る」

レサーリアは飛び上がるように彼に抱きつくと、強引にキスをした。

「忘れさせないわ」

ジャンネドは自分の記憶を薄れさせようとしている、それが悲しかった。

「私のことを忘れないで、ずっと覚えていて」

子供のように飛びつくレサーリアの体をジャンネドは軽々と押しのけた。

「やめてくれ、頼む」

その声に涙が混じっていて、はっとする。

「あなたの顔を見るのがつらい。今すぐ戦争をやめてしまいたくなる。あなたを連れて、どこかに逃げてしまいたい」

ジャンネドは自分に背を向けて部屋の隅へ逃げる。その背にそっと手を当てた。

「逃げても、いいのよ」

自分がアレッシオーレに行っても戦争を止められるかわからない。無駄足かもしれない。

今、なにもかも捨てて逃げられるなら。

「私は、ジャンネド様がいればいいの」

広い背中にしがみつく。

「私だって、そうだ」

ジャンネドは振り返らずに言った。声が震えている。

「サイセンの王の座も、森の墓地もいらない、レサーリア、あなただけがいればいいんだ」

彼は突然振り向いて自分を抱きしめた。久しぶりの、彼の体温だった。

「ジャンネド様……」

うっとりと身を任せる。このまま、なんの心配事もなくなればいいのに。

「……だが、それはできない」

彼の腕の力がゆっくりと解けていく。それを繋ぎとめるようにレサーリアは彼の胴を抱きしめた。

「どうして？」

「……私はサイセンの王として生きてきた。それをなくした自分がどうなるか、自分でもわからない」

子供の時から王として生きてきたジャンネドは、それ以外の生き方を知らない。

どれほど逃げたくても逃げられない、逃げる術を知らない、それがジャンネドという男なのだ。

レサーリアは広い背中を何度も撫でた。

（そんなあなたを、救いたい）

彼を救うためにはこの戦争を止めるしかない。

それができるのは自分だけなのだ。

「私に、触れて」

彼の手を自分の頬へ誘った。

「いけない、もう……」

アレッシオーレとの戦争が決まってからジャンネドは自分に触れなかった。

それが本心ではないことは、今彼の体が反応していることからわかる。固い感触が当たっていた。

「子供はできなくていいの、ただ、私の感触を覚えていて」

次の瞬間、彼の腕に強く抱きしめられる。

「忘れるものか、決して……忘れられるはずがない！」

寝台に押し倒され、薄いドレスを脱がされた。彼の手が全身を這い回る。

「滑らかな肌、花のような唇……あなたのすべてを覚えている」

レサーリアも彼の服を脱がそうとする。

「私にも……触らせて……」

ジャンネドは自分で服を脱ぎ捨てる。逞しい肉体が露わになった。

「私も……忘れないわ」

張りつめた筋肉、真っ直ぐ伸びた足、なにより自分を真っ直ぐ見つめる瞳。

誰よりも愛されたことを、けっして忘れない。

「ああ……」

口づけしながら彼のものに指を絡めると、低い呻き声がした。

「駄目だ、そんなことをすると……」

欲望を堪えていた熱棒はあっという間に透明な蜜を垂らした。それを先端に塗り込めると太い幹がびくびくと震える。

「ああ、いけない、出る……！」

ジャンネドの体はあっけなく絶頂を迎えた。広い寝台の上に白い精が飛び散る。

「そんなことをされたら……離れたくなくなってしまうよ」

「離れないで……ずっと側にいて」

彼は返事の代わりにレサーリアの体を責め立てる。敏感な乳首を強く吸って、大きく膨らませた。

「ああ……！」

今度は自分が翻弄される番だった。乳首をねっとりとしゃぶられ、官能を呼び起こされる。

「あん……ああ……！」

欲しがっていたのはレサーリアも同じだった。体の奥があっという間に熱を持つ。

「ふあ……」

足の間に彼の手が侵入していく。長い指が谷間を割る。そこはもう、恥ずかしいくらい濡れそぼっていた。

「やん……」

柔らかな花弁を掻き回される。とろとろと蕩けて、彼の指に絡みつく。

「入れて……」

ジャンネドは深く指を差し込んだ。静かに埋めながら、感じやすいところを探る。

「あう、そこ……」

レサーリアの内部はすでに充血し、刺激を欲しがっていた。固い指が抜き差しされるたび、さらに蜜を吐き出した。

「あ、あう……」

ジャンネドは指を入れたまま下へ下がる。奥を刺激しながら小さな芽を唇で包んだ。

「ひゃう……」

すでにぷっくりと膨らんでいた淫芯は彼の口の中で一気に膨れ上がる。ねっとりと嘗められると、もう限界だった。

「や、いく、いく……!」

奥へ指を引き込みながら、レサーリアは達した。自分の奥までひくひくと痙攣しているのがわかる。

「あなたの中が、動いているよ……わかるだろう」

達したばかりの蜜壺をさらにジャンネドは責めた。感じる壺はこりこりとしこっている。

「や、だめ、そこ……」

いったん蜜を吐き出した体がまた高まってきた。指を締め上げながらレサーリアは腰を上げていく。

「ここが、いいんだろう」

「や、やんっ」

ジャンネドは淫孔の中に指をもう一本入れた。二本の指先で奥をごりっと擦られると、もう我慢できなかった。

「ひゃうっ、あ、いっちゃう……！」

目の前が白くなるほどの快楽に包まれた。外に滴るほど蜜が溢れていく。

「忘れない、あなたのことを、忘れないよ……」

何度も絡み合い、最後は二人全裸で抱き合ったまま眠っていた。

(忘れない)

(けっして今夜を最後にしない)

深夜、目を覚ますとジャンネドはぐっすり眠っていた。

あれほど欲望を持っていたのに、結局一度も自分の中に入れなかった。精はすべて外に放っていた。

(大事にされている)

ジャンネドがただひたすら、自分の身を案じていることはわかった。

『砦に行ったら、けっして外には出ないように。安心できる人間が迎えに来るまで待っているんだ』

彼は何度も何度もそう言った。自分の計画など知りもしないで。

(ごめんなさい)

自分がノダラと一緒にアレッシオーレに行くと知ったら、どれほど心配するだろう。

本当は自分だって怖い。アレッシオーレの王に摑まったらどんな目に遭わされるだろう。殺されても、犯されてもおかしくはないのだ。

(それでも、放っておけない)

自分のために戦争をするジャンネドのために、なにもせずにはいられなかった。

(絶対にあなたを助けるわ)

艶やかな黒髪をそっと撫でる。彼の側にいるといつも自分の頭をそうしてくれた。

(けっして諦めない)

六　美しい都

レサーリアはコッサと共に山奥の砦へ移動した。そこは小さな山城で、高い塔の上に王族用の部屋があった。

「私はここにいることにするわ。コッサの他、誰も入れないことにしましょう」

王族の部屋にレサーリアは籠もっていることにする。食事も部屋の前でコッサが受け取る。そうすれば、自分がここにいないことは他にばれない。

「私は二人前、食事を取らなければならないのですね。太ってしまいます」

コッサは懸命に明るくふるまおうとするが、目に涙を浮かべていた。

「コッサ、頼むわね。これが成功するかどうかはあなたにかかっているのよ」

老婦人は涙を零しながらレサーリアの手を握った。

「私は怖くはありません。姫様のご無事を神に祈っております」

ノダラが貸してくれたズボンと麻の上着を着る。金髪はすっぽりと頭巾を被って隠した。

「さあ、行くぞ。時間がない」

アレッシオーレまでは馬車でも三日かかる。レサーリアとノダラは農家の作物と一緒に都に入るのだ。たくさんの麦の袋と共に二人は荷台の隅に座っていた。

「戦争が始まったら商売ができなくなる。急いで麦を売ってしまわないと」

麦農家の男は荷台を引く馬を急がせた。

「私の息子は二人とも戦争に行きます」

旅の途中、野営で焚火《たきび》を囲んでいる時彼がぽつんと言った。

「心配では、ないのですか」

王妃としての身分を隠しているレサーリアはこっそり聞いた。

「なに、サイセンの男の役目です。私も若い頃は傭兵であちこちの戦地に赴いたものだ。ただ」

深い皺の刻まれた農家の男はうつむいた。

「……最近は戦争がなかった、傭兵の口もなくなって……その代わり、農業が上手くいった。アレッシオーレに持っていけば高く売れた。このまま、平和に生きていけると思ったのだが」

胸が詰まった。サイセンの人間も、本音では戦争を望んでいるわけではないのだ。

「だが、ジャンネド様が望むなら命を懸けるのがサイセンの男だ。息子たちには立派に戦ってもらいたい」

農家の男はきりっとした表情を取り戻した。レサーリアとノダラは顔を見合わせる。

「……麦が、高く売れたらいいですね」

それしか言うことができない。

三日後、ようやく馬車はアレッシオーレの街についた。高い城壁の門から馬車で入ると、突然巨大な街が現れた。

「まあ……」

サイセンの城は大きいと思ったが、それと遜色ないほど大きな建物がずらりと並んでいる。自分たちが泊まる宿屋は大きな木造の二階建てだった。

「ノダラ様とお付きの人の部屋はこっちですよ。ごゆっくり」

農家の男と分かれてレサーリアはノダラと二人になった。宿屋の部屋は広く、サイセンの部屋と同じ羽毛の布団が用意されていた。

「アレッシオーレって、豊かなのね……」

王族だけが使えると思っていた柔らかな布団が、ここでは平民も普通に持っているようだ。

「本当だな……これほど大きな都市とは知らなかった」

ゆっくりしている暇はなかった。どうにかしてアレッシオーレの王に近づかなくては。

「サダに聞いたのだが、アレッシオーレでは毎週王の通達を国民へ伝達する行事があるそうだ」

それは空中庭園のある王宮の前で行われる。

「それが明日あるんだ。そこへ行って王に面会を求めよう」

「入れてくれるかしら……」

「私はサイセンの印章を写して持ってきた。これがあればむげにはできまい」

ノダラは羊皮紙にジャンネドが持っている印章の写しをつけたものを持参していた。

「いよいよ明日なのね……」

体が震えてきた。もしかしたら今夜が生きている最後の夜になるかもしれない。

表情が暗くなったレサーリアを見てノダラが立ち上がった。

「さあ、食堂に飯を食いに行こう。今夜が満足に食べられる最後の日かもしれないんだからな。明日の夜には牢獄《ろうごく》かもしれない」

「ノダラ……」

彼女があえて明るくふるまっていることはわかっていた。レサーリアは彼女の手から羊皮紙を取った。

「これを持って、明日は私一人で行くわ。この顔を見ればキオラの人間と信じてもらえるでしょう。二人牢獄に入ることはないのよ」

ノダラはジャンネドの大事な妹だ。自分だけではなく彼女も失ったら、彼の嘆きはいかばかりだろう。

ノダラはしばらく黙っていた後、レサーリアの手から羊皮紙を奪い取った。

「余計な気を使うな。義姉上一人で行かせるわけにはいかん。いざとなったら自分一人の身は守れる、馬鹿にするな」

彼女の気持ちが嬉しかった。最初に出会った時には、これほど仲よくなれるなんて思いもしなかった。

「さあ、飯を食いに行こう。アレッシオーレには美味い食堂がたくさんあるそうだ」

宿屋の主人に聞いて、近くの飯屋に二人で入った。レサーリアは深く頭巾を被ったままだ。

そこは長い木のテーブルが三つ並んでいて、客は空いている席に座り酒と料理を注文する。

隣の客と肩がぶつかりそうなほど混んでいる店だった。

「親父、こっちにワイン二つと豚肉の煮込みをくれ」

「え、お酒も？」

今まで城の外で酒を飲んだことがなかった。

「当たり前だ、最後の夜なんだぞ。酒くらい飲まないでどうする」

少し不安だったが、ノダラの言葉に力が出る。

「そうね、最後かもしれないものね」

大きなゴブレットになみなみと注がれたワインをレサーリアはゆっくり飲んだ。城のワインより薄い気がしたが、ゆっくり酔いが回っていく。

「うん、この煮込みも美味い。サイセンのパーティーを思い出す」

店はにぎやかだった。男も女も、老いも若きも楽しげに笑い合い、酒を酌み交わしている。

「……アレッシオーレにも人が住んでいるのね」

話に聞く都は美しい空中庭園のことばかりだった。当たり前だがここにも暮らしている人間はいるのだ。

そして、不意にその言葉が聞こえてきた。

「そう言えばサイセンのほうがきな臭いんだって？」

二人の後ろにいる男の口から突然サイセンの名が聞こえた。

「聞いたぞ、なんでもアレッシオーレに戦いを挑むらしい。さっき農家が慌てて小麦を売りに来たんだ」

驚いた。まだ宣戦布告はしていないのに、もう情報が漏れている。

そして、そのことを男たちはさして気にしていないようだった。

「サイセンて言えば、傭兵しか売りのない国だろう。こっちが雇ってやっているのに戦いを挑むとはどういう了見なんだ」

ノダラの顔がみるみる険しくなっていく。自分の国をけなされて怒っているのだ。

「我慢して、堪えてちょうだい」

気持ちはわかるがここで正体を明かすわけにはいかない。彼女の大きな手をぎゅっと握りしめる。

男たちは後ろでレサーリアたちが聞いていることなど知る由もなく、話を続けた。

「いくらサイセンの兵が命知らずでも、アレッシオーレには最新の大砲と火薬がある。銃だってそろっている。生意気に突進してきたら馬ごと吹き飛ばしてやればいい」

その言葉にレサーリアも衝撃を受けた。サイセンとキオラの連合軍は街に入れさえすれば勝てるというのが唯一の望みだったのに、城壁の中にすら入れないかもしれないのだ。

「しかし、なんでサイセンは攻めてくるんだよ。別にアレッシオーレはどことも揉めてないだろう」

一番情報通らしい男が口を開いた。

「なんでも、サイセンの王がキオラの姫を妻にしたらしい。それが原因だろ」

すると話し相手の男たちはこう言った。

「なんだ？　キオラって」

「聞いたことのない国だな」

レサーリアは思わずうつむいた。自分に言われているのではないのに、恥ずかしさで頬が熱かった。

情報通の男は偉ぶって語り出した。

「やれやれ、お前たちは学がないから知らないだろうが俺は図書館の講座で歴史を学んでいるのだ。キオラは五十年前までアレッシオーレを統治していた一族で、あの空中庭園も彼らが造った」

そう聞いても男たちはぽかんとしていた。

「へえ、そうだったんだ」

「お前は物知りだな」

褒められて気をよくしたのか、男はさらに続ける。

「キオラ一族は白い肌に金の髪を持っていて美男美女ぞろいだった。空中庭園を造るなど美術に造詣が深かったが、贅沢を好み税金を高くしたため周囲の貴族たちの反発を招いて反乱を起こされた。そして勝利したのが今の王、モレオ殿の父親だ」

「なるほどな、悪い貴族だったのだな」

「今は平和で豊かで、俺たちは幸せだ」

「キオラなど蹴散らしてやろう」

(ああ)

恥ずかしくて仕方なかった。『アレッシオーレの民は今でもキオラを待っている。自分たちが街に入れば味方してくれる』それはやっぱり都合のいい夢だったのだ。

「義姉上、帰ろう。気分が悪い。料理だってたいして美味くなかったな」

自分の動揺を悟ったのか、ノダラが手を取って自分を立たせる。そのまま帰ろうとした時背後から話しかけられた。

「ちょっと、そこのお嬢さん方！」

呼び止めたのはさっきキオラのことを語っていた男だった。なにか悟られたのか――ノダラはレサーリアを背後に隠して振り返る。

「なんだ」

男はテーブルの上に置いてある皿を指さしている。

「あんたの料理はまだ残っているじゃないか。どうして食べないんだい」

意外な問いにノダラは言葉に詰まった。

「その、あの……国の味つけと違うので、口に合わない」

すると男たちは笑い出した。

「ははは、そうか、田舎から出てきたんだな。せっかく来たのに気の毒だったね」

男は革袋から金貨を何枚か取り出す。

「この料理とワインは私たちが食べるから代金を払おう。持っていきなさい」

「い、いや、結構だ」

遠慮するノダラの手に男は強引に金を握らせる。

「遠慮せずに持っていって、国の人間に土産でも買いなさい。アレッシオーレには珍しいものがたくさんあるんだから、金はいくらあっても足らないよ」

レサーリアは顔を隠したままお辞儀をした。

「ありがとうございます。遠慮なくいただきます」

男は相好を崩して頷いた。

「他にも店はあるから探してごらん。口に合う店が見つかるといいな」

二人は気圧されたまま店を後にした。なんだかすぐ宿に帰る気にもならずぶらぶらと市場を歩く。もう夜なのに屋台の店がまだたくさん出ていた。

「……なにか食べますか、義姉上」

「……そうね、なんだかお腹が空いちゃった」

初めて見る揚げ物の屋台で半円形のパンのようなものを買った。両手で持ってかぶりつくと中には挽肉《ひきにく》が入っている。

「初めて食べたわ、面白い料理ね」

「そうだな、別の国のものなんだろう」

屋台で作っている人間はアレッシオーレの人々より彫りの深い顔をしていた。外国からやってきた人間なのだろう。

「……ジャンネド様にも、食べさせてあげたい」

レサーリアは頭巾の中で密《ひそ》かに涙を流した。

「……私だって、兄上を大砲で吹き飛ばされたくはない」

二人ともアレッシオーレの大きさに打ちのめされていた。キオラのことなど誰も覚えていなかったし、サイセンの兵が攻めてくると言っても恐れる者などいなかった。

世界は、自分たちが思っているよりずっと大きかった。

「明日、アレッシオーレの王に訴えるわ。戦争を止めてくれって」

勝てる見込みのない戦争だった。それでもジャンネドは約束を守るため攻め込もうとしている。

その原因を作ったのが自分なら、命を懸けて止めなければならない。

「私は義姉上を守る。絶対危険な目に遭わせたりしない」

そっと隣を見ると、ノダラは勢いよく揚げパンを食べていた。

「ありがとう、ノダラ」

本当の妹ができたようだった。食事を終えた二人は腕を組んで宿まで帰った。

翌朝、二人は王城へ向かった。石畳の道を歩いていくと、朝なのに人々が集まっている。

（ここが）

レサーリアの目の前にアレッシオーレの王城が現れた。何度も聞かされた、空中庭園が頭の上にある。屋根の上からほんの少し緑が見えた。

「王の伝達官が出てきたぞ」

王城の門を開けて一人の男が出てきた。手には羊皮紙を丸めたものを持っている。

「皆に王からの伝言を伝える。まずいつもの項目だ。家族が病気で子供だけの家庭があったらすぐ衛兵に連絡すること。人買いが横行しているのでな。次は……」

男が王からの通達を話していた。レサーリアとノダラは少しずつ人込みを掻き分け台の上にいる彼に近づく。

「以上だ、なにか王に訴えたいことがある者はこちらに並んで……」

台の近くに机があり、書記が待機していた。訴えはここで聞くらしい。

「待ってくれ、王に話したいことがあるんだ」

台から降りて城に戻ろうとする男にノダラが声をかけた。振り返った男は面倒臭そうに顎をしゃくる。

「なんだ？　言いたいことがあるならそこの書記に言いなさい。答えられるかどうかはわからんけどな」

書記の前にはすでにずらりと人が並んでいる。この順番を待っているわけにはいかない。

「私はサイセンの人間だ、王の印章も持っているんだ」

ノダラは声を張り上げて男に呼びかけるが、彼は振り返ろうともしない。

「わかったわかった、そんな人間は毎週来ているよ。書記に言っておいてくれ」

誰も自分たちを信じてくれない。ノダラの顔が悔しげに歪んだ。

(いけない)

気がつくとレサーリアは顔を隠していた頭巾を取っていた。美しい金髪と白い肌が露わになる。周囲の人間が思わず声を上げた。

「なんて髪だ、あんな金髪は見たことがない」

「あの白い肌を見ろ、どこの姫だろう」

「どうしてこんなところにいるんだ?」

騒ぎを聞いた伝達官が振り返り、レサーリアを見て少し驚いた。

「あなたは……誰なんだ。どうやらただの女人ではなさそうだ」

レサーリアは勇気を振り絞って彼に対峙する。

「私はサイセンの王ジャンネドの妻であり、キオラの末裔《まつえい》レサーリア。アレッシオーレの王に伝えたいことがあるのです」

「キオラの……」

さすがに王城の人間はキオラのことを知っていた。自分の容貌はこの言葉を裏づける、なにより強い証拠だった。

「なんだって、サイセンの王妃？」

「キオラという名も聞こえたぞ」

「なんて美しいんだ」

周囲の人間たちが押し寄せようとするのをノダラが懸命に止める。

「こちらへ来るな！　義姉上に触れたら許さんぞ」

伝達官は慌てて戻ってきてレサーリアとノダラを呼び入れる。

「とにかくこちらへ来てくれ。ここで騒ぎを起こされたらかなわない」

二人は大きな門をくぐった。とうとうアレッシオーレの王城に入ったのだった。


分厚い門が閉まると、外の喧騒《けんそう》が嘘のように静かになった。塀の中にも庭があって、美しい緑が鉢に植えられている。

「ここが王城か……」

きょろきょろしながら男についていくと、扉の前で女性が二人近寄ってきた。

「これからお前たちは王城の中に入る。その前に身体検査をさせてもらうぞ」

二人の女官から体を探られ、ノダラは短剣を取り上げられた。

「これは預かるぞ、いいな」

「わかった」

ノダラは鷹揚に頷く。

「その気になれば、素手でも兵の一人や二人倒せるからな」

部屋に入ってからノダラはレサーリアにそう語った。

「よかったわ、なんとか王に会えるみたいね」

部屋は居心地がよく、大きな長椅子と果物や冷たい水が用意されている。どうやら罪人として捕まったわけではなさそうだ。

「義姉上のおかげだ。よくその姿を現してくれた。勇気が必要だったろう」

複雑な気持ちだった。今まで呪われた血の証《あかし》だったキオラの容貌が、今回だけは役に立った。

しばらく待っていると、再び女官がやってきた。

「陛下がお会いになります」

あっけなくかなった面会にレサーリアとノダラは緊張しながら王城の廊下を歩いた。天井の高い廊下は昼でも薄暗く、静かだった。

「モレオ様のお部屋です」

巨大な観音開きの扉の前に立った。二人の侍従がそれを開く。

中は広く、窓から入る光も部屋の隅には届かないほどだった。窓際に大きなテーブルがあり、長椅子に男性が座っている。

そして、その正面には一人の男が跪いていた。

椅子に座っている男は自分たちを見ると気軽に立ち上がり、片手を上げた。

「これはこれは、美しい女性が二人も来たな。あなたたちの国の人間も来ているぞ」

（え？）

彼の言っている意味がわからなかった。その時、跪いていた男が勢いよく立ち上がる。

「レサーリア様!?　ノダラ様も、なぜここに!?」

ノダラが彼の顔を見て叫んだ。

「それはこっちのセリフだ。なぜお前がそこにいるのだ」

アレッシオーレの王、モレオの前にいたのは――ジャンネドの側近、サダだった。

「もうすぐサイセンはアレッシオーレと戦争をするのに、どうしてお前がここにいるのだ！」

詰め寄るノダラにサダは目を白黒させた。

「お待ちください。その前にどうしてあなた方がここにいるのか教えてください。山の砦にいるはずでは」

「私たちは戦争を止めるために来たのです」

レサーリアは自分たちの意見を話した。

「アレッシオーレと戦うのは私のためだもの。でも私は望んでいないの。それでもジャンネド様は戦うのだわ、契約に縛られて……ならば、自分が直接止めるしかないと思ったのよ」

サダが感嘆のため息を漏らしながら近づいてきた。

「レサーリア様、あなたという方は……なんという勇気を持った方なんだ」

アレッシオーレの王、モレオもこちらへやってくる。

「初めてお目にかかるが、噂にたがわぬ美しさですな、レサーリア殿。ジャンネド殿が命にかえても守ろうとするのがわかる」

レサーリアは王のほうに向き直った。

「モレオ様、突然の訪問お許しください。火急の要件なのです。サイセンとの戦争を止めることはできませんか」

モレオとサダは困ったように顔を見合わせた。

「実は……もう戦争の結末は決まっているのですよ」

サダが言いにくそうに口を開いた。

「どういうことだ？」

ノダラが目を剥《む》いた。

「サイセンはアレッシオーレに宣戦布告しますが、少し戦ったら負けます。最小限の犠牲で戦争は終わるのです」

「そうなったら我が国はどうなるのだ？」

興奮しそうなノダラをなだめながらサダは話を続けた。

「サイセンは負けますが、アレッシオーレに占領されたりはしません。ある程度の賠償金を支払ったら、交易を始めるのです」

サダの話はこうだった。今サイセンはアレッシオーレとしか交易していないが、戦争が終わったらここの港を使って他の国とも直接商売ができるようにする。それで儲《もう》けることができれば、もう傭兵として働かなくてもよくなるのだ。

「では、ジャンネド様は助かるのですね？」

レサーリアは明るい声を出す。だがサダの顔色はよくなかった。

「いえ……ジャンネド様は亡くなります。戦死か、捕虜になったら処刑されます。そういう取り決めなのです」

「そんな！」

負けることが決まっているのに、どうしてジャンネドが死ななければならないのか。

「サイセンが変わるためです」

サイセンの人間は誇り高い。ただ負けただけではアレッシオーレに素直に従わないだろう。

「サイセンは完全に負けなければなりません。そして生まれ変わるのです。戦士ではなく、普通の市民の国にならなければ」

「どうしてそんなことをしなければならないんだ！」

ノダラが詰め寄る。サダの代わりにアレッシオーレの王、モレオが答えた。

「もはや剣と弓の時代ではないのだ」

レサーリアやジャンネドより十ほど年上のモレオは、働き盛りの男の迫力にみなぎっていた。

「火薬の発達によって大砲はずっと遠くまで届くようになった。大砲の弾自体が破裂して人を殺すのだ。筒の先から弾が出て人を傷つける『銃』という兵器もある。サイセンの兵がどれほど勇猛で命知らずでも、それで戦争の勝ち負けは左右されない。今はどれだけ強い武器を集められるかにかかっている」

「そんな……」

レサーリアよりノダラのほうが衝撃を受けていた。その場で膝をつき呆然としている。

「ジャンネド様は、王に即位された時からそのことに気づいておられました。次戦争が起こったら、自分たちは負けるだろうと」

確かに彼は言っていた、『サイセンを変えたい』と。

それはこのことだったのか。

(でも)

「そのために、ジャンネド様が死ぬことはないわ！」

レサーリアは拳を握りしめた。

「私も、何度もそうジャンネド様に言いました。新しいサイセンのためにもあなたの力が必要だと」

それでも彼は考えをひるがえさなかった。

「あの方はこう言いました。『私の恋のために始まった戦争だ、私の死で終わらせなければならない』と」

(恋)

その言葉はレサーリアの胸に突き刺さって血を溢れさせる。堪え切れない涙が頬を伝った。

「そんな……私を愛しているのなら、どうして生きていてくれないの……どうして……!」

「サイセンの男だからだ」

ノダラがぽつんと言った。

「サイセンの男は愛するもののために戦い、死ぬのが最高の喜びだ。森の墓地で私たちを見守っている、兄と私の父のように」

ノダラがゆっくり立ち上がった。その瞳にもう涙はない。

「兄上がそう決めたのなら、もう私は悲しまぬ。立派に森へ送り出そう」

サダも涙ぐんでいた。

「ジャンネド様はおっしゃっていました。自分が死んだ後はノダラがサイセンを率いてくれるだろうと」

ノダラはしっかりと頷いた。だがレサーリアはまだ納得できない。

(嫌)

それが彼の望みだとしても、自分はとうてい受け入れられなかった。

(ジャンネド様のいない一生なんて)

自分には考えられなかった。

「どうにかならないの？　処刑されなくても、捕虜になって生かすことはできないの？」

ノダラとサダは顔を見合わせた。

「それは、サイセンの男にとって死ぬよりつらいことです」

理屈ではわかった。でも心は納得できない。

「サイセンは変わるのでしょう？　ならば、ジャンネド様だって変わることができるわ」

レサーリアの声は悲鳴のようだった。その場にいた人間すべてが気圧されている。

「……あなたの気持ちはわかった、サイセンの王妃よ」

最初に口を開いたのはアレッシオーレの王モレオだった。

「だがどうやって彼の気持ちを変えるのだ。もう彼に会うこともできないだろう。予定では明日、サイセンがアレッシオーレに宣戦布告をする。そうなれば国境は封鎖されるのでもう戻れない。ジャンネド殿には会えないのだ」

レサーリアはしばらくうつむき、やがてはっきり顔を上げた。

その瞳は宝石のように輝いている。

「いいえ、会います。そして、はっきりあの方に伝えますわ――私のために生きていて欲しいと」

「だが義姉上、どうやって？　今からすぐ戻ってももう間に合わない」

レサーリアはある光景が浮かんでいた。

「できるわ……どんなことをしても、ジャンネド様を助けます」

七　負ける戦い

翌日アレッシオーレにサイセンから宣戦布告状が届いた。城門は閉められ、通行人は厳しく吟味される。

だがアレッシオーレの市民たちは呑気《のんき》なものだった。

「アレッシオーレのような大都市に戦いを挑むなど命知らずだ」

「城壁の大砲で吹き飛ばされればいい」

やがて、城壁を望む丘にサイセンとキオラ連合軍が集結していった。ずらりと並んだ黒い鎧《よろい》の騎馬軍隊はサイセンが誇る最強の兵士たちだった。

その先頭にジャンネドがいる。黒く輝く鎧に身を包んで巨大な黒馬に乗っている。

「あと一時間で戦闘開始です」

ジャンネドの側にいるのはワタミラ将軍だった。ジャンネドの父の代からサイセンの軍を率いている、白い髭《ひげ》の老軍人だった。

「手筈《てはず》通り、頼んだぞ」

「ジャンネド様……」

彼の顔は苦しげに歪んでいる。ジャンネドの計画を知っているのは、この場ではワタミラだけだった。

ジャンネドと少しの兵、そしてキオラの傭兵のみでまず突撃する。もちろんアレッシオーレの城門が破れるはずもない。ジャンネドが死ぬか捕らえられたらワタミラはすぐ降伏する。その後の敗戦処理はモレオ王と話がついていた。

「ジャンネド様が死ぬことはないのです。私が代わりにまいります」

皺だらけの顔を歪めて囁くワタミラにジャンネドは微笑んだ。

「お前でなければ兵はまとまらぬ。残った者が荒れぬよう、ちゃんとサイセンへ返してくれ」

「ジャンネド様……！」

「泣くな、ワタミラ、私はすまないと思っている。自分の妻のことで皆を巻き込んでしまった」

レサーリアとの結婚の条件がアレッシオーレとの戦争だった。あの時はまさか、マッシオがこれほど早く兵を集めるなど思わなかった。

(目がくらんでいたのだな)

彼女を手に入れる、それしか考えられなかった。

男たちの前で震えていた、可憐《かれん》な小鳥。

一刻も早く手に入れて守りたかった。

結婚し、しばらくはぎこちなかったがやがて心が通じ合った。二人の結婚生活は、まるで宝石のように輝いていた。

目を閉じると妻の笑顔が目の前に浮かぶ。

(もう少し、あのままでいたかった)

今さら悔やんでも仕方ない。マッシオの執念を甘く見た自分が悪いのだ。

思い悩みながら歩いていると、マッシオが傭兵たちと話している。

「中に入ったらいくらでも略奪していいんだな?」

不意にそんな言葉が聞こえてジャンネドは足を止めた。

「ああ、アレッシオーレは平民でも金持ちだ。女も美女ぞろいだ。好きなだけ奪うがいい」

耳を疑った。サイセンの傭兵は戦地での略奪を固く禁じていた。

「マッシオ殿、今の話は聞き捨てならない。アレッシオーレはあなたの故郷ではないのか」

マッシオは気まずそうに苦笑いをする。

「仕方ないのだ。傭兵を雇うのに最低限の金しか用意できなかった。残りは略奪で賄ってくれと約束したのだ。彼らを止めることはできぬ」

ジャンネドは心底失望した。故郷を取り戻すためとはいえ、故郷の人間が被害に遭ってもいいのか。

ジャンネドの顔色を見たマッシオはいきり立った。

「なんだその目は。もともとアレッシオーレは我々のものだったのだ。それを取り戻すだけのなにが悪いのだ」

もうなにも言うつもりはなかった。どうせ自分たちはアレッシオーレには入れない。門の前で惨めに死ぬだけだ。

(これでいいのだ)

自分とマッシオは死に、レサーリアはあの美しい都で暮らす。

それでいいのだ。

(一度でいい、空中庭園で微笑むあなたを見たかった)

金の髪を海風になびかせ、緑の庭の中でレサーリアは笑うだろう。その姿を見たかったと思う。

(あなたが喜んでくれるなら、命を捧げることなどなんでもない)

突撃の時間が迫っている。ラッパを持った騎兵が前に出た。

「……え?」

その時、アレッシオーレの城門が開いた。数人の人間が出てきて、すぐ閉じた。

目の前に現れたのは——。

「レサーリア!」

信じられなかった。目の前にレサーリアが金髪を風になびかせている。その隣には妹のノダラもいた。

「どうして彼女たちがあそこにいるんだ」

ジャンネドは混乱した。今すぐあそこへ駆けていきたい。

だが背後で自分の指令を待っている兵たちがジャンネドの足を止めていた。

レサーリアとノダラは数人の騎馬兵と共にこちらへ近づき、声がなんとか聞こえるほどの距離で止まった。

「ジャンネド様！　お兄様！」

か細くもよく通る声が風に乗って届いた。

「戦争はやめて、もうそんなことはしなくていいのです。アレッシオーレはキオラを忘れているわ。中に入っても負けるだけよ」

「なにを言っているんだ、あいつは！」

隣にいるマッシオがいきり立った。ジャンネドはただ呆然と妻の顔を見ている。


レサーリアは声を限りに叫び続けた。ジャンネドの動きは止まったが、自分の声が届いたのだろうか。

「レサーリア殿、もう一度お伝えします」

自分たちの警護に来た騎馬の男がレサーリアの後ろから声をかけた。

「すでに宣戦布告はなされています。サイセン軍が広場の真ん中から一歩でも足をアレッシオーレに踏み込んだらそこで終わりです。すぐに砲台から弾が打ち出される。私たちはあなた方を無理矢理にでも馬に乗せてアレッシオーレに戻ります」

「……わかっています」

ジャンネドとマッシオの後ろには兵がずらりと並んでいる。彼らがこちらの領土に足を踏み入れたら——ジャンネドと自分は終わりだ。

(なんとしてでも、止めなければ)

もう一度レサーリアは夫に呼びかけた。


レサーリアは何度も自分に呼びかける。あまりに予想外の出来事にジャンネドは指一本動かせなかった。

「ジャンネド殿、なにをしている。今すぐ攻撃するのだ」

隣にいるマッシオの目は血走っていた。

「しかし、レサーリアとノダラがあそこに」

「あの女は裏切ったのだ！　アレッシオーレに味方した、まだわからぬのか」

マッシオが自分に摑みかかってきた。

「もしかすると、今までずっとアレッシオーレと通じていたのかもしれぬ。我が妹だが底知れぬところのある女だ」

「そんな人間ではない！」

ジャンネドは義兄を振り払おうとしたが、彼は蝮《まむし》のように絡みついてくる。

「ジャンネド殿、あの女は諦めろ。故郷にはまだキオラの女がいる。アレッシオーレにも美女はいるだろう。勝てばすべてが手に入るのだ」

「黙れ！」

もう耐え切れなかった。ジャンネドはマッシオを強く突き飛ばす。

「それ以上妻を侮辱するな。義兄といえど許さぬ」

思いも寄らぬ反応だったのか、マッシオの顔がみるみる赤くなる。

「なんだその口のきき方は！　私はキオラ王国の末裔ぞ。本来なら馬を並べることも許されぬ……」

「黙れと言っているんだ」

ジャンネドは腰の剣をすらりと抜いた。

「わ、私を斬るのか？」

腰を抜かさんばかりに怯《おび》えるマッシオから顔を逸らした。

「いいや、だが黙っていて欲しい。もうすぐ……」

（なにもかも終わる）

ジャンネドはレサーリアたちが城壁の近くで止まっていることを確認していた。近くに騎馬の人間もいる。攻撃が始まれば彼らが二人を城壁内に戻す手筈になっているのだろう。

（大丈夫だ）

もし砲撃が始まってもレサーリアは無事だ、それがわかればいい。

「始めるぞ」

たとえ目の前にレサーリアがいても、自分のやることは変わらない。変わってはならぬのだ。

「槍《やり》隊、前へ！」

長い槍を構えた兵士たちがジャンネドの前に出て、一歩前に出る。

彼らが広場の中央にある国境を越えれば、すべてが終わる。

（さようなら）

遠くに見える金の髪に、ジャンネドは別れを告げた。


「ああ！」

槍隊が前に出たのがレサーリアからも見えた。

「もう駄目だ、戻りましょう」

騎馬の男が馬から降りてレサーリアのほうに近寄ってきた。彼の手がこちらへ伸びてくる。

（嫌）

このまま戻ったら、もう二度とジャンネドには会えない。

レサーリアは彼の腕をすり抜けてすばやく馬に駆け寄った。

「え？」

男が振り返ると、すでに彼女は鞍を摑み、ひらりと馬に跨がっていた。

「義姉さん！」

ノダラが叫ぶ。

「私がジャンネド様を止めるわ！」

レサーリアが足で腹を叩くと馬は勢いよく駆け出した。

栗毛の馬が真っ直ぐ広場の真ん中へ飛び出していく。


「レサーリア!?」

目の前の光景が信じられなかった。

レサーリアが、あのか弱い妻が馬に乗っている。

「なぜあいつが馬に……」

マッシオも絶句していた。槍を持った兵たちもさすがに立ち止まる。

(いけない)

城門の砲台が開いている。このままでは彼女が吹き飛ばされる。

「レサーリア！」

ジャンネドは夢中で黒馬の腹を蹴り、駆け出した。妻の姿がどんどん近づいてくる。

二人は広場の真ん中で対面した。どちらも馬に乗ったままだった。

サイセンの兵も、アレッシオーレの城門も静まり返っている。今や戦争の行方は二人の動向にかかっていた。

「ジャンネド様……」

夫の顔を久しぶりに近くで見た気がする。こんな時なのに嬉しかった。

「どうして……」

ジャンネドの髪が風に舞っている。その光景を美しいと思った。

「全部聞きました。あなたが命をかけて私とサイセンを救おうとしていることを」

二人はしばらく無言で見つめ合っていた。

「知っているなら、今すぐ戻って安全なところにいてくれ。このまま計画を進めさせてくれ」

「嫌よ」

レサーリアは初めて夫にはっきり逆らった。

「どうして私があなたなしで生きていけると思うの？　今すぐ降伏して。そうすれば誰も死ななくて済むのよ」

ジャンネドの顔が苦しげに歪む。

「それは、できない」

「なぜ!?」

「私がサイセンの男だからだ。降伏するより戦って死ぬことを望む」

彼の目にうっすら涙が浮かんでいた。これほど感情が揺さぶられているのに彼の決心を揺らがせることができない。

「さあ、戻るのだ。ノダラと新しいサイセンを作ってくれ」

レサーリアは馬を操ってジャンネドから少し離れた。

「レサーリア……」

「私は戻りません」

「なんだと」

「どうしても戦争をやめないと言うのなら、このまま始めてください」

ジャンネドの顔が引き締まった。

「なにを言うのだ!」

「言ったでしょう、あなたなしでは生きていけぬと」

レサーリアの頬を涙が一筋伝う。

「私はここを動かないわ。サイセンの槍に貫かれるか、アレッシオーレの大砲に吹き飛ばされるか、どのみち私は死にます。それでいいなら始めてください」

ジャンネドの顔がみるみる強張っていく。彼のそんな顔を見るのは初めてだった。

「……そんなこと、できるはずがない」

彼の声は普段の力強さがまったく感じられなかった。

「ならばわかるでしょう、私があなたを死なせることができないことが」

レサーリアは長い金髪を風になびかせる。

「あなたが死ぬなら私も死ぬ、あなたが生きるなら私も生きるわ」

二人はただ、見つめ合っていた。不穏な空気を感じ取ったのか、ジャンネドの馬がいななりて辺りをぐるぐると歩き出した。

「……いつ、馬に乗れるようになったのだ」

ようやくジャンネドの口から出たのはそんな言葉だった。

「あなたが城にいない間に、ノダラに教えてもらったの。いつか驚かせようと思って」

夫が昼間領地を視察している時に中庭で馬の乗り方を教えてもらっていたのだ。ノダラは最初の時とは打って変わって親切に指導してくれた。

「ジャンネド様と一緒に出かけたかったの、どんなに遠くても、馬を並べてどこまでも」

その時、夫の大きな体がぐらりと揺れた。

「あ……！」

ジャンネドが自分の黒馬から降りたのだった。ゆっくりとこちらへ近づいてくる。レサーリアは馬上でそれを待ち構えていた。

彼は馬が怯えないよう、横から近づいてそっと栗毛の首に触れた。

「いい馬だ、アレッシオーレのものか」

「そうね」

「サイセンの馬に負けない、素晴らしい栗毛だ」

ジャンネドはそのまま、鐙を踏んでいるレサーリアの足に触れた。

「あなたを救いたかった」

夫の指は震えている。

「あなたのために死に、一生心に刻んで欲しかった。森の中の墓のように」

レサーリアは馬から降りず、彼の手に触れる。

「あなたがいなくては、私もいないわ。いなくなる前に消えてなくなりたい」

ジャンネドはうつむき――やがて跪いた。

「どうか、どうか生きてくれ、生きて幸せになってくれ、それが私の唯一の願いだ……！」

レサーリアは馬から降り、彼の肩を抱く。

「ならば、一緒にサイセンへ帰りましょう。そうして一生幸せに生きていくのよ」

夫はまだ顔を上げようとはしなかった。その頬にそっと触れる。

彼の肌はしっとりと濡れていた。

「帰れない」

黒い瞳が涙に溢れている。

「もう戦争は始まってしまった。誰かが死ななければ終わらないんだよ」

「そんなことはないわ！」

モレオから約束を取りつけていた。サイセンの兵が国境を越えずに引き上げれば攻撃はしないと。

「このままなにもせずに引き上げて。そうすれば二人とも生きられるのよ」

ジャンネドはかすかに首を横に振る。

「無理だ。そんなことをすれば私はサイセンの王ではいられなくなってしまう。戦いに背を向ける男は男ではない」

まだ彼はサイセンに縛られていた。この鎖を断ち切ることはできるだろうか。

「……サイセンの王でなくてもいいわ。私もキオラの姫を捨てます」

二人を繋いでいた血の鎖から外れて、自由になりたかった。

「あなたと二人なら、どんな暮らしでも耐えられます。農家だって猟師だって、なんでもいいわ」

一族から非難され、石もて追われても悔いはない。

それでジャンネドが生きられるのなら。

夫はしばらくうつむいている。

(心を、動かせただろうか)

サイセンの長い歴史が培った鋼のような彼の心、それを融かすことができただろうか。

ジャンネドの手が膝に触れた。その手の上に自分の掌を重ねた。

彼の腕がびくりと震える。

「生きていてほしいの」

精一杯の思いを込めて伝えた。

彼の指が膝を強く掴む。その痛みすら心地よかった。

「……わかった」

ようやくジャンネドが顔を上げてくれた。胸に熱いものが一気に拡がる。

「お前と共に、生きよう」

二人は馬に乗り、サイセンの陣営へと戻っていった。兵たちはまだ槍を構えている。

「ジャンネド様、それに王妃様も……いったい？」

兵の背後にいたワタミラがうろたえていた。

「ワタミラ、そして皆、私は皆に謝罪しなければならない」

ジャンネドは馬を降り、兵たちの前に立つ。

「私は妻の名誉のためにこの戦争を始めた。だがそれは間違いだった。妻は戦争を望んでいないし、そもそも勝ち目のない戦いだ。このままサイセンに戻ろう。そして元の生活に戻るのだ」

兵たちやワタミラ将軍はさすがに動揺していた。お互いの顔を見合わせ、目を白黒させている。

「どういうことだ？」

「戦わずして降伏？」

「これは我々が負けたことになるのか？」

「負けではないわ」

レサーリアが馬上から声を放った。

「アレッシオーレの王、モレオと約束しています。このまま国境を越えずに退却するなら宣戦布告を破棄して記録にも残さないと。この戦争は存在しない、だから負けではないのよ」

ジャンネドは皆の前に跪いた。

「王様!?」

いつも強い彼の膝が地面につくことなどありえなかった。兵たちの間に動揺が広がる。

「すまない、もしお前たちが私を王として認めないと言うのなら、ここで罷免してくれてもかまわない。私は王の座を降り、後は妹のノダラに任せよう。元からそのつもりだったのだ」

「そ、そんな……」

兵たちの間に動揺が広がる。ワタミラすら国王を凝視したまま彫像のように動かない。

ただ一人、言葉を発するものがあった。レサーリアの兄、マッシオだった。

「皆、なにを躊躇っている。今すぐその男を国王の座から引きずり下ろせ。後は私が率いる」

レサーリアはぎょっとして兄を見た。彼はやけにぎらぎらした銀の鎧を身に着けている。

「お兄様、なにを言い出すの」

「黙れ」

マッシオは突然腰の剣を抜いた。

「ジャンネド殿が退位するなら、妻の兄である私が次の王だろう。女は国を継げないからな」

ほとほと呆れてしまった。この期に及んでなにを言い出すのだろう。

「お兄様にサイセンは渡さないわ。次の王はノダラよ」

「女に国が率いられるものか！」

その時レサーリアの背後から風のように一頭の馬が駆けてきた。

「私に王が務まらないと思うのか！」

それは馬に乗ったノダラだった。彼女が馬上からマッシオを蹴り上げたので彼は地面に倒れてしまった。

「ノダラ……」

ジャンネドが跪いたまま妹を見上げた。彼女は結わえた髪を大きく振り上げて兵たちを睨みつける。

「お前たち、兄を王と認められないのならそれでもかまわない。今からこのノダラが女王となる。それでいいな」

兵たちは顔を見合わせると、抱えていた槍を収めた。

「私たちは、ジャンネド様が王のほうがいいです」

「ノダラ様は短気でいつも無茶をします」

「ジャンネド様、これまでのように俺たちを率いてください」

「なんだお前ら、私が女王では不満か」

不機嫌なノダラに兵たちはとうとう笑い出した。

「我々はジャンネド様の決定に従います。戦えと言われれば戦い、戻れと言われれば戻ります。我々の命はジャンネド様と、奥方様のものです」

「そうだ、我が命王のもの」

「我が命王のもの！」

歓声の中ワタミラがジャンネドの前に跪き、その手を取った。

「さあ、お膝をお上げください。そして私たちをサイセンに連れて帰ってくださいませ」

その時、騒がしい集団がいた。マッシオに雇われた傭兵たちだった。

「どうなっているんだ、アレッシオーレには攻め込まないのか」

マッシオはすっかり怯えて縮こまっている。代わりにワタミラが彼らの前に出た。

「今の話は聞いていただろう。戦争は終わった。お前たちも帰るがいい」

すると傭兵の首領が一歩歩み出る。

「そうはいかん。俺たちはアレッシオーレで略奪ができると言うから安い金でここまで来たのだ。それができんというのなら、差額を払ってもらおうか」

その時、ジャンネドが立ち上がり彼らの前に出た。王の迫力に首領は思わずたじろぐ。

「お前たちとマッシオ殿の契約など知らぬ。それほど略奪したければ勝手に行けばいい。アレッシオーレの大砲に立ち向かう気があるのならな」

ジャンネドはすらりと大剣を抜く。首領はさらに一歩下がる。

「いや、俺たちだけでは……」

彼の黒い瞳がきつく光った。

「ならば大人しく帰るがいい。一度も戦場に出ず金だけ受け取ったのだ、幸運と思え」

傭兵たちは皆すごすごと帰っていく。マッシオはそれを見てももうなにも言わなかった。

サイセンの兵士たちは皆故郷に帰り、ジャンネドとレサーリア、ノダラ、それにマッシオだけがアレッシオーレの王城に入ることとなった。

八　初めての舞踏会

「ああ、ジャンネド様！」

王城にいたサダはジャンネドの顔を見るなり泣き出した。冷静なようで実は彼の死を悲しんでいたのだった。

「サダ、お前がアレッシオーレにいてくれてよかった。まさかレサーリアとノダラが来ているとは」

「私も驚きました。王妃の愛の深さに」

レサーリアとジャンネドは王城の中で一番大きな客用の部屋を与えられた。夫婦の寝室を挟んで夫と妻、それぞれ専用の部屋が繋がっていた。

「モレオ様が今夜はお二人を主客としてもてなしたいそうです。近隣の貴族の皆様もいらっしゃいます」

「しかし、我々はこんな形《なり》なのだが」

ジャンネドは黒い鎧、レサーリアもアレッシオーレに潜入するためズボンに平民の服だった。

「もちろん王と王妃のお支度はこちらで用意させていただきます。さあ、こちらへどうぞ」

戸惑いながらレサーリアはジャンネドと別れて自分のために用意された部屋に入った。そこには――。

「まあ……」

思わずため息が出た。そこには見たこともないほど大量のドレスや宝飾品がそろっていたからだ。

「王城に残されたキオラのものをすべて集めました。その時代のネックレスもございます」

あっという間に湯あみをさせられ、次から次へとドレスを着せられる。金の絹や光り輝く翠《みどり》の石、恐ろしく手の込んだレースのドレス――どれも美しくてレサーリアは目が回りそうだった。

「このドレスはどうでしょう。モレオ様の奥様が昔仕立てたのですけどお気に召さずに結局一度も着ていないのですよ」

それは一番深い夜の空のような、深い蒼《あお》の絹だった。シンプルなすとんとしたラインのドレスは、レサーリアが身に纏うとまるであつらえたかのように体を包む。

「まあ、素敵。この蒼に御髪《おぐし》が負けていませんわ」

「白いお肌がさらに際立ちますね」

首飾りは南の海からやってきた真珠を幾重にも重ねた豪華なものだった。さらに小さめの真珠を絹の糸で繋いでレースのようにしたものを頭に被る。

「お綺麗ですわ、レサーリア様」

「ジャンネド様のお支度も終わったそうです」

(支度?)

いぶかしがりながら隣の寝室に入ると、そこには夫が待っていた。

「あっ」

思わずレサーリアは絶句する。ジャンネドが見たこともない衣装を着せられていたからだ。

いつも緩やかなシャツとズボン、あるいは黒い鎧の姿しか見たことがなかった。

だが、今目の前にいる夫は煌びやかな金の糸で織られたジャケットを着ていた。長い足はタイツがぴったりと張りつき、足先を包むのは華やかな繻子《しゅす》の靴だった。

いつもばさりと垂らしたままだった黒髪も綺麗に編まれ、広い額が綺麗に出ていた。

(なんて素敵なの)

初めて見る夫の正装にレサーリアは思わず見惚れてしまった。

「ジャンネド様はお体が大きゅうございますので、合うジャケットがなかなか見つからなかったのですよ」

確かに胴の釦《ボタン》はぎりぎりだし、袖の丈は足りていなかった。側にいる侍従は悔しそうに言う。

「ああ、お時間があればジャンネド様にぴったり合う上着がお仕立てできますのに。この黒髪に似合う生地からお作りしたかった」

「私の恰好などなんでもいいではないか」

ジャンネドは着慣れぬジャケットが窮屈そうだったが、レサーリアは微笑みながら近づく。

「素敵だわ、よく似合っている」

妻の姿を見たジャンネドはようやく機嫌がよくなったようだ。

「美しいな、あなたはやはりそういう服に慣れているようだ」

ジャンネドの隣に座ると夫が耳元で囁いた。

「聞いたか、モレオ殿の催す宴席の話を」

「なんですか？」

「皆で食事した後は……その、ダンスがあるという」

「ええ、それがなにか」

レサーリアは一度も出たことがなかったが、貴族の宴席はそういうものだと聞いている。

宴会の後はダンスとワインで夜通し過ごすのだ。

「ダンスといってもサイセンとは違うわ。男女がペアで踊るのです」

そう言うとジャンネドは目を丸くした。

「そんな宴席は知らん。サイセンは三日三晩食事と酒、円舞じゃないか」

確かに自分たちの結婚式はそうだった。酒に酔い興が乗ると大広間で輪になって踊るのだ。

男女で緩やかに踊っているのは見たことがない。

「そういえばそうね、サイセンで男女二人のダンスは見たことがないわ」

娘時代に一通りの礼儀作法は習った。ダンスもしたことがある。女性教師と二人組んでステップを習った。

「男女二人で踊るのです。夫婦で踊ったら次は別の人と踊るのよ」

「なんだと！　あなたが違う男と？　私の目の前で？」

あまりに興奮するのでレサーリアは困ってしまった。

「仕方ないわ。これが貴族の社交なのよ。少なくとも私はモレオ様と踊らないと、失礼に当たるわ」

今回の宴席の主客は自分たちだ。ホストであるモレオと踊らなくては礼儀を欠くだろう。なにより彼のおかげで自分たちは命が助かったのだから。

「礼儀とは面倒なものだな」

サイセンしか知らないジャンネドは顔を顰めた。

「でもこれが外の礼儀なのよ。変わらなければならないと言ったのはあなたでしょう」

しばらく渋い顔をしていたジャンネドは、すっと立ち上がった。

「あなた？」

怒ったのだろうか。レサーリアが思わず立ち上がるとすっと引き寄せられる。

「わかった、ダンスでもなんでもしよう。だが私はまったく知らない。基本的な動きだけでも教えてくれないか」

ほっとした。彼は新しい状況に慣れようとしてくれている。

「左手は私の腰に、右手は私の手を握ってください」

体を密着させ、ゆっくり左右に揺れる。

「基本的に左に進んでいくのです。女性を内側にして円を描くように――」

最初はぎこちなかったジャンネドの動きもだんだん滑らかになってきた。もともと体を動かすことは得意な男だ。

「そうよ、私の目をしっかり見て」

ダンスをしながら二人は見つめ合った。レサーリアの目尻に涙が溜まっていく。

「どうしたのだ？」

「夢のようで……昨日はもう、あなたと生きて会えないかもしれないと思ったの」

戦争を止められなければ二人とも死ぬ――そこまで覚悟していた。

「本当によかった、生きてこうしてダンスできる――それが嬉しいの」

不意に強く抱きしめられた。真珠の首飾りが二人の体に挟まれる。

「すまなかった、あなたをそんなに悲しませて」

ジャンネドの声が耳を擽《くすぐ》る。

「マッシオが兵を連れてきた時、血が沸き立った。巨大なアレッシオーレに戦いを挑むことに興奮したのだ。たとえ負けてもあなたとサイセンが無事ならよかった。父のように戦いで死に、森の墓に葬られることができる」

レサーリアは黙って聞いていた。本当の意味で彼の言葉を理解することはできない。だが夫の言いたいことを全部聞きたかった。

「あなたがどれほど悲しんでいるか、そこまで考えが及ばなかった。自分のことで頭が一杯で——私を救うためにノダラと二人でアレッシオーレに行くなんて、そんなことができる人だったなんて」

レサーリアはジャンネドの背中をぎゅっと摑んだ。

「あなたのおかげよ」

自分がキオラの姫のままだったら、きっとこんなことはできなかっただろう。

ただ運命のまま、戦争が起こっても怯えて隠れていることしかできなかったはずだ。

(ジャンネド様の妻になったから)

彼に愛されたから。

彼と一緒に馬に乗りたくて練習していたから。

自分でも信じられないくらいの勇気が出せたのだ。

「ジャンネド様のために、強くなりたかったの」

ジャンネドは体を離して妻を見つめた。

「あなたはもう強い、私とサイセンを救ってくれた」

彼の言葉が胸に染み入る。

「さあ、行こう。アレッシオーレの王に礼を述べなければ」

ジャンネドとレサーリアは腕を組み、並んで部屋を出ていった。

大きな扉がゆっくりと開くと、そこは大きな宴会場だった。すでに多数の人間が席についている。

扉の中にいる二人の両脇で高らかにラッパの音がした。宴会場の人間が一斉にこちらを向く。

「サイセンの王、ジャンネド殿、並びに王妃レサーリリア殿です」

二人を見たアレッシオーレの貴族や富豪たちが歓声を上げた。

「これは美しい奥方だ」

「あれがキオラ貴族の方なのね」

「なんて綺麗な金髪でしょう」

賞賛されるのはレサーリリアだけではなかった。

「サイセンの王は美丈夫だな」

「なんと立派な筋肉だろう」

「彫刻のようだ」

衆人の注目の中、ジャンネドとレサーリリアはモレオ王の隣に座った。

「皆、もう知っているかと思うが我がアレッシオーレはここにいるジャンネド殿の国、サイセンと戦闘状態になるところだった」

人々が静まり返る。レサーリリアは胸が痛んだ。

「だが隣の奥方、レサーリア殿が二人の間に立ってくれて戦争は回避されたのだ。サイセンは一人も戦死者を出さず、アレッシオーレも貴重な弾薬を消耗せずに済んだ。今夜は節約できた火薬の分飲んで食べて欲しい。まずは勇気ある奥方を讃えようではないか。お立ち下さい、レサーリア殿」

「そんな……」

恥ずかしくて仕方なかったが、ジャンネドに促されて恐る恐る立ち上がる。すると満場の拍手に包まれた。

「ありがとう、サイセンの王妃よ」

「美しい勇者だわ」

「なんと素敵な夫婦でしょう」

(信じられない)

自分の血を呪っていた自分が、こんな栄誉に包まれるなんて。

「義姉上はまさに勇者だ、あそこで単騎飛び出していくとは思わなかった」

ノダラの声がしたので振り返ったレサーリアは驚愕した。

「まあ！」

ノダラは日焼けした体に真紅のドレスを纏い、金の首飾りを巻いていた。それは南洋の女王のように華やかだった。

「お前がドレスを着るなんて初めてだな」

ジャンネドも驚いたようだった。

「仕方ないだろう、アレッシオーレが用意してくれたのだから。これも外交だ」

豪華な晩餐会《ばんさんかい》が終わった後は舞踏会が始まった。大ホールに移動すると見事なシャンデリアが輝き、軽快なワルツが奏でられている。

「さあ、サイセンの王と王妃よ、踊ってくれ」

皆が見守る中ジャンネドとレサーリアは二人抱き合って踊り出した。緩やかに回転するだけの簡単なステップだったが、金糸のジャケットを纏った大男の腕に抱かれて踊るレサーリアの可憐な姿は人々の目を楽しませる。

「やはり品がありますわね、さすがキオラ貴族の末裔だわ」

「とうの昔にいなくなったと思っていたが、まだ残っていたんだな」

レサーリアは居心地が悪かった。キオラを賞賛する声が、かえって自分を異質なものと思い知らされる。思わずジャンネドの胸に顔を埋める。

「大丈夫だ、私が守る」

情けなかった。王族なら自分の武器はなんでも使わなくてはいけないのに。

「平気よ……この姿のおかげで王に信用されたのだから」

そう言っても夫は首を横に振った。

「あなたが自分の血のことで苦しんでいたのは知っている。無理をすることはないのだ」

彼の気持ちが嬉しかった。さらに強く抱きついてステップを踏む。

「片手だけ繋いで、いったん離してみて」

ジャンネドが言われたようにすると、レサーリアは彼の手を支柱にしてくるりと一回転する。金髪がふわりと宙に舞った。それを見た人々はわあっと歓声を上げた。

「さあ、私たちも踊りましょう」

他の貴族たちもホールに足を踏み出した。茶色の髪、黒髪、赤毛——様々な色の頭がふわふわと舞っている。

(綺麗)

色々な髪の人間がいる。肌の色も白い人や、漆黒に近い男女もいる。

(私もこの中の一人なんだわ)

たまたま金髪で白い肌に生まれた、一人の女だった。

他の人と同じように、ただダンスを楽しんでいいのだ。

ようやくレサーリアは体の力が抜けてきた。

「あ」

ふと気がついた。兄のマッシオの姿が見えない。

「……兄はどうしたのでしょう」

自分の子供を売ってまで戦おうとした男だった。まだ怒っているのではないだろうか。

「マッシオ殿はモレオ殿が別の場所に連れていった」

「どこですか、まさか、牢獄？」

ジャンネドは首を横に振る。

「彼はアレッシオーレ一番の娼館に連れていかれた。そこで酒と女に溺れさせてしばらく大人しくしてもらう。それがモレオ殿の作戦だ」

レサーリアはため息をついた。兄は今頃酒を飲み、美女たちに囲まれているだろう。実の兄とはいえ情けない姿だ。

「モレオ殿はマッシオ殿の子供を探してくれるそうだ。見つかったらなんとか金を工面して買い戻し、サイセンへ連れてこよう」

「ありがとう、ジャンネド様」

それはレサーリアのほうから頼もうと思っていたことだった。心配事が一つ消えていく。

音楽が切り替わると国王のモレオが近づいてきた。

「ジャンネド殿、仲睦まじくて結構だがそろそろダンスの相手を替わっていただけないか？美しい奥方と踊らせてくれ」

ジャンネドは礼儀正しくお辞儀をするとレサーリアの手を差し出す。

「もちろんです、モレオ殿。私はやはりダンスは苦手なようです」

レサーリアはモレオと踊り出す。音楽は軽快なリズムに変わった。モレオのステップになんとかついていくと、アレッシオーレの王は笑った。

「さすがですな、ダンスがお上手だ」

「田舎で習わされました」

食うにも困る生活でも礼儀作法だけは教え込まれたのだ。

「キオラの執念はすさまじいな」

ぽつんと呟くモレオの言葉に一瞬背筋が寒くなった。

「キオラ再興を望んでいるのは兄のマッシオのみです。私もジャンネド様も野心などありませんわ。どうか私たちを恐れないでくださいませ」

必死に懇願するレサーリアをモレオは面白そうに見つめる。

「冗談だ、ただの軽口だよ。レサーリア殿はまるで生きた人形のようなのに、口ぶりはサイセンの将軍のようだな」

思わず口調が強くなってしまったことに頬が熱くなる。

「申し訳ありません……やっと戦争を止められたことが嬉しくて」

するとモレオの視線がすっと横にずれる。

「確かに国同士の戦争は終わったが、別の戦争が始まっているぞ」

「え？」

振り返った先に信じられない光景が広がっていた。ジャンネドが美女の群れに囲まれていたのだ。

「サイセンの男性に初めて出会いましたわ」

「皆軍人というのは本当ですか？」

「美しい黒髪、お体も立派ですわ」

皆豊かなアレッシオーレで美貌に磨きをかけ、退屈な貴族の生活で恋に命を懸けている女たちばかりだった。大きく開けたデコルテに豪奢な首飾りを置き、腰は極限まで締めつけている。夫はそんな女たちの中でただおろおろするだけだった。

「どうします？　援軍に行きますか」

面白そうなモレオの言葉にレサーリアは正面を向いた。

「いいえ、夫も社交をしてもらわなければ困りますわ。サイセンの男はダンスもできぬと思われては困りますもの」

そうは言ったものの、気にならないわけがない。ジャンネドはやがて目の覚めるようなカナリヤイエローのドレスを来た女性と一緒にホールへ歩み出た。

（まあ）

ぎこちないと思っていた夫のステップはいつの間にか滑らかになっていた。長い足で見事にリードし、抱かれている女性はうっとりと彼を見つめている。

（私が教えたのに）

なんだか面白くなかった。他の女性に目移りしたら、そんな心配をしてしまう。

「モレオ様、キオラの姫を独り占めしないでくださいませ、次は私に」

「なにを言う、私だって順番を待っているのだぞ」

壁の近くによると、他の男たちから大量の申し込みがあった。皆煌びやかな上着を身に纏った男たちだった。

「やれやれ、レサーリア殿も大人気ですな。いかがです？」

レサーリアは美しく微笑む。

「もちろんですわ、皆さんとお話ししたいのです。おつき合い願えまして？」

白い手を差し出す。その手を取ったのは――。

「あ」

目の前に現れたのはジャンネドだった。頬が軽く染まっている。

「私と踊ってくれ、いいか」

「でも……」

他の貴族たちと踊るのも貴族としての役目なのだ、レサーリアが戸惑っているとジャンネドは強引に手を繋ぐとホールへ出ていった。

「おいおい、彼は妻としか踊らないのか」

「あら、私もジャンネド様と踊りたかったのに」

不満げな周囲の声の中、レサーリアは夫に抱かれて踊っている。

「駄目よ、私たちそれぞれ別の人たちと踊らないと」

「一人は踊った、だがやはり他の女と体を密着させるのは嫌だ。あなたが他の男と踊るのも気に入らない」

王族としては失格だと思いながら甘い感情が湧いてくるのを止められなかった。自分だってジャンネドと一緒がいい。

「……本当は、他の女性に囲まれているあなたを見て少しだけ不安だったの。だって皆とても綺麗なんだもの」

そう言うとジャンネドは目を丸くする。

「なにを言っているんだ。あなたより美しい女がいるはずないではないか」

彼の言葉に胸が熱くなって顔を埋める。

「それに、私たちの代わりにノダラが踊ってくれている。社交は彼女に任せよう」

「ええ？」

彼の言葉は本当だった。ノダラは真紅のドレスをひるがえして色々な男性と踊っている。皆彼女を賞賛の目で見つめていた。

「サイセンは野蛮な国と思っていたが、こんな美女がいるなんて」

「失礼ですね、サイセンは素晴らしい国ですよ」

「もちろん、あなたの故郷なのですから当然ですね、いつか行ってみたい」

「招待するかどうかは決まっていないですね。私のダンスの相手はまだまだいるので」

ノダラの言葉通り、彼女と踊りたがっている男たちが列を成していた。

「今夜は彼女に任せて我々は部屋に戻らせてもらおう」

「ええ」

モレオにだけひっそりと礼を言い、二人は客室に戻った。レサーリアは衣装部屋で真珠の首飾りと頭飾りを取り、ドレスから寝間着に着替えた。それもモレオが用意してくれた真新しい麻のものだった。

寝室に入るとジャンネドも寝間着に着替えている。彼の浅黒い肌に白い麻がよく映えた。

「レサーリア……」

強く抱きしめられた。首飾りも豪奢な上着も取り去った、ただ二人の男女に戻っていた。

「死ななくてよかった」

ぽつんとジャンネドが呟く。

「ずっと我慢していた、本当はあなたに溺れたかった」

彼の体はすでに固く滾っていた。

「自分が死んだ後、あなたが誰に抱かれるのか考えると頭がおかしくなりそうだった。モレオ殿はあなたを守ると言っていたが、きっと男が寄ってくる、誰を好きになるのだろう、そんなことしか考えられず……」

「ジャンネド様がいなくなったら私は修道院に入っていたわ」

彼の分厚い体をしっかりと抱きしめる。

「死んで守るなんて考えないで、生きて私の側にいてちょうだい」

ジャンネドは答える代わりにレサーリアの体を寝台へ運んでいく。

「もう二度と……離れたくない」

性急に肌を晒されていく。待ち焦がれた彼の唇の感触――。

「ああ……」

露わになった豊かな胸にジャンネドが顔を埋めた。

「柔らかい……あなたの肌だ……」

彼はレサーリアの胸に顔を埋めながらしばらくじっとしていた。自分の肌が湿っていくのがわかる。

(泣いている)

ジャンネドが自分の胸で泣いている、声は出さないが、唇が震えていた。

「ジャンネド様……」

彼の気持ちが自分に伝わり、改めて涙が溢れる。本当に生きていてよかった、二人抱き合えてよかった。

「愛している」

濡れた頬のまま二人は口づけをした。熱く濡れた舌は生きていることの証だった。

「抱いて……」

夫の肌に触れただけでレサーリアの体は勝手に開いていく。感じやすくなって、熱が高まっていく――。

「ふあ……」

胸を大きな手で包まれる。固い先端を摘まれて、軽く擦られると甘い声が出てしまう。

「あなたの息が、甘い……」

ため息をつくたびに高まっていく、快楽が止められない。

「ああ、そこ……」

丸くしこった乳首を唇で包まれた。ちゅるっと嘗められると一気に熱が集まっていく。

「や、感じる……！」

待ちかねていたのはレサーリアも同じだった。肌がざわざわして、堪え切れない。何度も乳首を吸われ、体を溶かされた後で足を開かされる。そこの花弁はすでにほんのりと熱を持っていた。

「いい香りがする」

彼の指によって閉じていた場所が大きく拡げられる。息が柔毛にかかることで期待が高まっていく。

「あああ……！」

とうとう柔らかな場所に口づけをされた。小さな花弁を丹念に嘗められ、隅々まで擽られる。

「やうっ……ふあ……」

飢えていた淫靡《いんび》な花弁はひくひくと蠢き、熱い蜜を吐き出す。それをねっとりと舌で掬われ、飲み干される。

「ああ、もうっ……」

丸く膨らんだ淫核を舌の上で転がされる。レサーリアの肉体はもう限界だった。

「うああっ、あああん……」

びくびくっと痙攣する。彼の口の中で甘く蕩けていく――。

「もう、我慢できない――」

まだひくついている果肉の中にジャンネドは自らのものを押し当てた。久しぶりの押し拡げられる感触にレサーリアは呻く。

「んあ……」

細い腰を太いもので貫かれた。ずうん、と頭の頂点まで衝撃が伝わる。

「あ……」

言葉にならないほどの快楽だった、彼のものを最奥まで入れられている。

深く繋がって、密着していた。

「もう、離さないで……」

レサーリアは手と足で大きな体に必死でしがみつく。ジャンネドも小さな体を覆い隠すように抱きしめた。

「二度と離さない……けっして悲しませたりしない」

繋がったまま何度も口づけをした。熱い舌で口の中を探られる。大きな乳房を手で弄ばれると全身が甘く痺れる。

「は、あ、いい……」

久しぶりの逢瀬は二人にとって刺激が強すぎた。汗まみれで繋がったまま、あっという間に登りつめる。

「もう、いきそうだ……中に、このまま……」

彼の手がレサーリアの頭を上から押さえてさらに深く穿たれる。

「来て……早く……」

なんの心配もなく、深く繋がれる。それがよりレサーリアの体を燃え立たせた。

「あ、あっ……」

自分の中で彼のものが痙攣した、その繊細な蠢きがさらに快楽を煽る。

「もう出てしまった……ずっと、欲しかったから」

達した後もジャンネドの肉体は固いままだった。まだ余韻の残る体をレサーリアは抱きしめる。

「このまま、こうしていて……ジャンネド様と繋がっていたいの」

ジャンネドはレサーリアの体を持ち上げ、自分の腰に乗せた。繋がったまま向かい合う形になる。

「愛している」

しっかりと目を見て言われる。黒い瞳が潤んでいた。

「あなたと出会って、兵士としては弱くなってしまった。死を恐れるようになったから」

レサーリアは彼の引き締まった頬に手を当てている。

「私はあなたに出会って強くなったわ。輿で運ばれるだけだったのに、馬に乗れるようになった」

二人は顔を見合わせて笑顔になった。

「では二人合わせれば変わっていないのだな」

「そうよ、二人でいれば強いままなのよ」

自分はジャンネドがいれば強くなれる、ジャンネドは自分がいることで心が安らかになる。どんな理由があろうと、離れてはいけない二人なのだ。

「好きよ……」

彼の逞しい胸板を掌でさする。張りつめた筋肉は艶やかで美しい。

「あなたの、中を刺激するよ……」

ジャンネドは後ろに倒れて横たわる形になった。そのままレサーリアの腰を持って下から突き上げる。

「あ、あ……」

「ここが、いいのだろう？」

彼は下からレサーリアの体内の少し前を突き上げた。そこを先端で刺激されると、熱い蜜壺が再び収縮を始める。

「いいのっ……そこ、当たるの……！」

レサーリアは自ら腰を動かして快楽を求めた。ジャンネドはそんな妻の姿を熱っぽい目で見つめる。

「あなたが……そんなことをすると……とても魅力的だ……」

彼の腰の動きがさらに激しくなった。レサーリアはもうそれを受け止めることしかできない。

「あ、いい、いいっ……いっちゃう……！」

体の壺を刺激され続け、とうとうレサーリアは貫かれた形のまま達した。柔らかな果肉がねっとりと剛棒に絡みつき、熱い蜜を吐き出す。

「あ、そこの動きが……すごい……動いているよ……」

横たわったままのジャンネドが切なげに眉を顰《ひそ》める。レサーリアは繋がったまま彼の腹に手を置いて腰を動かした。

「もう一度、来て……中が熱いの……」

奥で達した肉体は、まだ収縮が収まらなかった。ここに彼の熱を感じたい。

「あ、いいよ……そんなに、動かしたら、また……！」

彼のものが別の生き物のようにぴくぴくと動いている。敏感になった淫筒はそれをしっかりと掴み、奥へと引き込んだ。

「ああ、熱くて、溶けそうだ、一つになる……もう一度、出すよ……」

「来て、何度でも、来てちょうだい……」

胴に跨がったレサーリアの中に、再び男の熱が注がれた。蜜と精が最奥で混ざり合って、体内に染み込んでいく。

その夜は二人、月が海に傾くまで睦み合っていた。

「ああ。ここが……」

コッサが感に堪えないような声を出した。彼女は戦争が終わってから一番早くアレッシオーレにやってきたのだ。

「あなたと一緒に、ここに来たかったの」

レサーリアとジャンネドは、コッサと共にアレッシオーレの王城にある空中庭園へやってきたのだった。

それはまるで夢の中の光景だった。城の屋上に緑の庭が広がっている。オリーブや月桂樹《げっけいじゅ》が茂り、野生のチューリップが土の中から芽を出していた。

「そうです、この光景ですよ。木々の間から海が見える」

コッサは屋上の縁に駆け寄った。海からの風が彼女の髪を揺らす。

彼女はそこから自分のほうを振り返った。

「これがまさに、私が夢見た光景です」

海からの風がレサーリアとジャンネドの髪を揺らしていた。傾きかけた太陽の光が金髪を照らしている。コッサの目から涙が溢れた。

「本当に、私たちはアレッシオーレに来たのですね」

レサーリアはコッサに歩み寄った。

「そうよ、戦争に勝たなくても空中庭園に来ることはできた。これからは何度でもここに立てるのよ」

アレッシオーレとサイセンは正式な同盟を結んだ。サイセンの兵士はアレッシオーレと一緒に戦い、サイセンの農産物はアレッシオーレの港から外国に輸出される。

お互いに協力してさらに強く、豊かな国になれるのだ。

「キオラは再建できないけど、許してくれる？」

コッサは泣きながら首を横に振った。

「私は姫様がお幸せならいいのです」

マッシオはモレオの計らいでずっと娼館に留《とど》まっている。レサーリアが会いに行ってもされつが回っていなかった。

「見ろ、この美女たちを。皆私の子供を欲しがっているのだ。私はここでキオラの子供をたくさん作ってアレッシオーレを取り戻すのだ」

兄がすでに正気を失っていることは明らかだった。酒と女と、怪しい薬草で朦朧《もうろう》としている。

レサーリアはそんな兄を取り戻そうとは思わなかった。外の世界ではもう、彼の求めるものは手に入らないのだ。

その代わりに兄が人買いに売った子供たちを探し出した。散々探し回ってようやく船に乗せられ外国へ売られる寸前で取り戻すことができた。もちろん高額な支払いが生じたが、アレッシオーレのモレオ王が立て替えてくれた。

「この美しい子供たちは我が国から同盟国であるサイセンへの贈り物にしてくれ」

取り戻した赤ん坊は女の子が二人と男の子が一人だった。皆レサーリアに似た金髪の持ち主だった。

「なんて可愛いの」

姪《めい》と甥《おい》はレサーリアが生まれて初めて見た赤ん坊だった。アレッシオーレで見つけた乳母の乳を飲み、ぐっすり眠る子供たちはまるで天使のようだ。

「この子たちは穏やかに育って欲しいわ」

血の頸木《くびき》に縛られた、自分のような子供時代を過ごして欲しくなかった。

「サイセンで私たちの子供のように育てよう。野山を駆け回り、元気な体になるように」

春真っ盛りの花の季節にレサーリアとジャンネドはサイセンに帰った。コッサはそのままアレッシオーレに残ることとなった。空中庭園で庭の手入れをして余生を過ごすという。彼女はやはりアレッシオーレが故郷なのだ。

「姫様、お元気で。コッサは幸せ者です。この美しい庭園で一生を終えることができるなんて」

レサーリアとジャンネドは馬を並べてサイセンへの街道を歩んでいた。

「ノダラはいつ帰るつもりだろう」

妹のノダラはアレッシオーレの貴族と恋愛関係になり、彼の屋敷に入り浸っていた。その貴族は男顔負けの強さを持つノダラにすっかり夢中になってしまったのだ。

「あなたのような女性は初めてだ」

ノダラも自分をそのまま受け入れてくれる男性に初めて出会った。二人はまるで幼馴染みのように仲よくなったのだ。

「このまま結婚するかもしれないわ」

レサーリアは微笑んだ。ジャンネドと同じ目線で馬に揺られている、このきっかけを作ってくれたのはノダラだった。遠くに離れてしまうのは寂しいが、彼女も自分の人生を生きて欲しい。

ジャンネドとレサーリアがサイセンの王城に到着すると、大勢の人々が待ち構えていた。

夫の顔が引き締まる。

「どうなさったの？」

レサーリアは緊張している夫を気遣った。

「戦争を回避した私を、皆王と認めてくれるだろうか」

思いも寄らぬ言葉だった。だが戦争で死ぬことが一番の名誉と思っている人々だ。もしかすると怒っているのかもしれない。

「大丈夫よ」

もしジャンネドが王の座を追われても、二人で生きていけばいい。そこまで覚悟を決めていた。

二頭の馬がゆっくり人々の中に入っていく。皆は無言で道を開けた。

「…………」

ジャンネドは言葉を探すように何度か瞬《まばた》きをする。

「私は」

その時、皆の口が一斉に開いた。

「ジャンネド様、万歳！」

「万歳！」

「息子を無事に返していただいてありがとうございます」

「奥方様がジャンネド様に駆け寄って止めたそうだ、なんと勇気ある方だ」

「まあ！」

思わずジャンネドと顔を見合わせた。あの出来事はもうサイセンにも伝わっていたのだ。

「戦争を始めた王はいても、戦争を止めた王はいません」

「新しいサイセンの王だ」

ジャンネドは道の真ん中で馬を止めると人々に視線を投げた。

「出迎えありがとう。サイセンはこれから変わる。ただ雇われるだけの兵隊ではなくアレッシオーレと正式な同盟を結んだ。遠い国へ商品を持っていくこともできる。豊かな国になるのだ」

皆がさらに歓声を上げた。涙ぐんでいる人々もいる。

「もう暮らしのために傭兵にならなくてもいいのだな」

「一人で子供を育てなくてもいいのね」

「ジャンネド様とレサーリア様のおかげだ」

皆の喜びの声は収まる気配がなかった。ジャンネドは彼らに手を振りながらゆっくり進んでいく。

その背中を見ているだけで幸せだった。

(夢がかなったのね)

新しいサイセンを作りたい、いつか語っていた彼の希望が実現したのだ。

九　優しい日々

八か月が過ぎた。

マッシオの子供たちはすでに歩き出し、王城の庭を小熊のように歩き回っている。

「ああ、ああ、キサラ様、そんなところに登ったら危のうございます」

三人の子供の中で、女の子のキサラが一番お転婆だった。反対に男の子のジリは大人しく、よく寝る子供だった。もう一人の女の子、モリはよく笑う子供だ。

「キサラ、乳母を困らせたら駄目よ」

中庭に出てきたレサーリアの動きは緩やかだった。彼女のお腹は大きく膨らんでいた。

アレッシオーレでの一夜で、レサーリアは子供を授かっていたのだった。

「レサーリア様、お子様たちは私たちが見ていますからお体を休ませてくださいませ」

乳母たちはレサーリアを気遣うが彼女は優しく笑った。

「ありがとう、でも生まれるまで動いているほうがいいらしいの」

他の女性たちのように大きなお腹で乗馬することまではしなかったが、レサーリアは閉じ籠もっていることはしなかった。

(子供と一緒に私も成長するのよ)

大きく膨らんだお腹を支えられる、そんな体を手に入れたかった。

「レサーリア、また外にいるのか。もうすぐ日が落ちるから中に入りなさい」

執務から戻ったジャンネドはとにかくレサーリアを中に入れたがった。まるでコッサが側にいるようだ。

「アレッシオーレにいるコッサを呼び寄せたほうがいいんじゃないか。彼女ならキオラのやり方をよく知っているだろう」

心配する夫の頬を手で包む。

「大丈夫よ。生まれてくる子はサイセンの子ですもの。サイセンのやり方で産むわ」

妊娠がわかってから夫婦の寝台はさらに大きく、敷布にすら羽毛が使われた。ふわふわの布団に上下から包まれていると雲の中にいるようだ。

「こんなに大きくなるのか……」

寝間着に包まれた腹をジャンネドの手が優しく撫でる。細いレサーリアの体に似つかわしくないほど大きく膨らんだ腹だった。

「大きな子かもしれないわ、あなたに似て」

ジャンネドの顔が苦しげに歪む。

「お産であなたが苦しむのがつらい。大きすぎると母親には負担だ」

レサーリアは優しく夫の髪を撫でた。

「小さく生まれたら病気になってしまうかもしれないわ。私が頑張るから、見守っていて」

やがてサイセンに初雪が降る頃、レサーリアは男の子を産んだ。大きな黒髪の子供だった。

「ああ……赤ちゃん……なんて、可愛いの」

お産は重く、大量に出血したレサーリアはしばらく床を離れられなかったが、胸に抱く子供は可愛くてならなかった。

しかし、なぜだかレサーリアは赤ん坊を抱いていると涙が止まらない。

「どうしたんだ」

ジャンネドと赤ん坊と三人だけになった時、夫は優しく聞いてくれた。

「お母様のことを想《おも》っていたの」

純粋なキオラの子供を作るため、実の兄に犯されなければならなかった。自分が生まれるまで三人の子を亡くしている。

それがどれほどつらかったか、自分が子供を持ってみてやっと実感できたのだ。

「私のお母様は、私を抱いて喜んでくれたかしら。それともおぞましくて顔も見たくなかったんじゃないかしら。私は母親になれるのかしら……」

赤ん坊が生まれて嬉しいはずなのに、気持ちは荒れ狂い落ち着かなかった。顔を見るだけで涙が出てしまう。生まれてすぐの子供はほとんど乳母に抱かれていた。

(私は母親になる資格がないのではないか)

呪われた生まれの自分はなにか欠けているのか、母親になることができないのではないか、そんな不安に取りつかれていたのだ。

ジャンネドと子供だけになって、やっとレサーリアは自分の恐れを口に出すことができた。彼はそっとレサーリアの額にキスをする。

「私はわからぬ、あなたの母親のことも、母親の気持ちも——だが」

彼は自分ごと赤ん坊を抱いてくれた。

「この子は私とあなたの子供だ。過去ではなく、これから未来に生きていく。それはあなたも同じだよ」

ジャンネドの言葉が胸に染みていく。

「サイセンはどんどん新しくなっていく。それはいいことばかりではないかもしれない。だが過去と同じ道は歩めないのだ。時間は戻らないのだから」

まだ不安がすべてなくなったわけではない。だがジャンネドに触れられていると、少しずつ自分も強くなれるような気がする。

(私、また変われるのかしら)

サイセンに来て馬に乗れるようになったように、ジャンネドの子を産んで、一緒に育てていけば、自分もまた変わるような気がする。

「ありがとう……」

アドロンと名づけられた子供が自分の顔を見て笑うようになった頃、ようやくレサーリアの不安も薄くなっていた。

雪に閉じ込められた王城の中で、レサーリアはジャンネドと一緒にアドロンを慈しんで育てた。

「まあ、なんて美しい赤ん坊でしょう」

春になり、アレッシオーレから久しぶりにコッサがサイセンを訪れた。アドロンはもう床を自分で這い回るほど成長していた。

「ジャンネド様に似ておりますね。でもこの大きな瞳はレサーリア様のものですわ」

成長すればするほどアドロンは父であるジャンネドに似てきた。コッサの言う通り、大きな瞳だけが母似だった。

「コッサ、アレッシオーレはどう？　空中庭園が懐かしいわ」

彼女の目に涙が浮かぶ。

「私は幸せ者ですよ。今は庭園の世話をして暮らしております。毎晩あそこから海を見られるのですよ。夢のようです」

レサーリアはずっと気になっていたことを彼女に尋ねた。

「コッサ、あなたは私が生まれた時からずっと側にいるのでしょう。教えて欲しいの。お母様は私が生まれて喜んでいた？　それともすぐ遠ざけてしまったかしら。少しは可愛いと思ってくれていた？」

すると彼女は目を丸くしてレサーリアの手を握った。

「まあ……姫様がそんなことを気に病んでいたなんて……もちろんお母様のサロネ様はお生まれになったレサーリア様を大変可愛がっておられました。でも……」

コッサは事情を話してくれた。レサーリアの父でありサロネの兄、ニアキロは生まれたレサーリアをすぐ母から引き離し、乳母に育てさせたのだ。

「母が赤ん坊を抱いていると、月のものが来るのが遅れると——それでサロネ様の腕からレサーリア様は奪われたのですよ」

「酷い……」

次の子供を作るため、やっと授かった子供を抱くこともできなかったのか。

「サロネ様はお乳が張って、自分で搾り出さなければならなかったのです。そんな状況で子作りを求められ……お可哀想なサロネ様……」

顔も知らぬ母、その気持ちが今ようやくわかった気がする。

「お母様にも空中庭園をお見せしたかったわ……きっと、お喜びになったでしょう」

「ええ……ええ……」

二人はしばらく抱き合って涙を流した。

アドロンはあっという間に大きくなる。夏にはおかゆや果物を食べ、秋が深まる頃にはふらふらと立ち上がるような気配を見せた。

「足腰が強いのだ。一歳になる頃には走り回っているかもしれぬ」

動き回るようになってからはむしろジャンネドのほうがアドロンと過ごすことが多かった。

かなり回復したとはいえ、レサーリアは夏の暑い時期などまだ眩暈のする日が多かった。

しかし、秋に入って過ごしやすくなると体調も戻ってきた。長らく来ていなかった月のものも始まる。

(でも)

なぜかジャンネドは、未だ自分に触れようとはしない。

もちろん自分を気遣っているのはわかる。寝台に入ると必ず腕枕で眠らせてくれるし、抱きしめてもくれる。

それでも、一度も寝間着を捲《めく》り上げようとはしなかった。

(どうしよう)

自分のほうが、彼に触れて欲しくなってきたのだ。

あの大きな手に、逞しい胸にもう一度触れたい。

子供ができる前は一日と空けず抱かれていたのだから、すっかりあの快楽を覚えてしまっている。

(でも、どうやって誘えばいいのかしら)

以前は二人寝台に並んでいればすぐ彼のほうから抱いてくれた。どうやって始めたらいいのかわからなかった。

（このまま、アドロンの母と父のままなのかしら）

アドロンは可愛い、彼の成長は楽しみだ。

だが、自分はまだジャンネドの妻でありたかった。

（もう一度、あの夜のように）

快楽に溺れたかった。

アドロンはもうすぐ一歳になろうとしている。


サイセンの王城ではアドロンの誕生パーティーが行われていた。ジャンネドの想像通り、彼は一歳でもうちょろちょろと歩き回るようになっていた。

「なんと元気なお子だ、サイセンの未来は安泰ですな」

「愛らしいお顔をしているわ。成長したらきっと花嫁候補が列を成すでしょう」

にぎやかなパーティーの真っ最中に突然の来客があった。

「兄上、義姉上、アドロンの一歳の誕生日おめでとう！」

「まあ！」

パーティーの席に現れたのはジャンネドの妹、ノダラだった。ずっとアレッシオーレにいて色々な貴族たちと恋愛遊戯を繰り広げていたはずだった。

だが目の前にいる義妹は肩に大きな山鳥を担ぎ、ズボン姿に戻っていた。

「ノダラ、どうしたのだ。その恰好は？　アレッシオーレで女らしくなって向こうで夫を見つけると思っていたのに」

「ああ、あれは飽きました」

彼女は肩の山鳥を勢いよくテーブルに乗せる。周囲の貴族たちが歓声を上げた。

「最初は面白かった男遊びも都会の生活も飽きました。やはり私はサイセンの女、山で狩りをしているほうがいい」

（飽きた）

その言葉がレサーリアの胸を刺した。もしジャンネドも自分に飽きているとしたら――。

その後はどれほど宴会が盛り上がっても上の空だった。その様子をジャンネドがちらちらと心配そうに観察する。

「大丈夫か、また気分が悪くなったのか」

深夜に近くなった頃、ジャンネドがそっと耳元で囁く。アドロンはもう眠くなって乳母に寝かしつけてもらっていた。

「ええ、そろそろ寝室へ戻りますわ。あなたはまだ皆と過ごしていらして」

「そうか……ゆっくり休むといい」

にぎやかなパーティーを抜け出して寝室へ向かう。以前もこんなことがあった。

（結婚式の時だわ）

あの時はサイセンに来たばかりでなにもわからなかった。いつ果てるとも知れぬ宴会に面食らい、逃げるように退出してしまった。

（なんだか昔に戻ったみたい）

かなりサイセンに慣れたと思ったのだが、彼らの底なしの体力にはやはりかなわなかった。

ひたすら酒を飲み肉を喰らい、眠くなると机の上に突っ伏し起こされるとまた酒を飲む。

（私は無理だわ）

夜が更けてくるとどうしても眠くなってしまう。強くなったとはいってもやはり皆とは違う。

（どうして皆、あんなにお酒を飲めるのかしら）

サイセンの人間はワインをまるで水のように飲み干す。自分はゴブレット一杯で顔が熱くなって苦しいのだ。

（もっとお酒が飲めて、明るくなれたらいいのに）

酔ってにぎやかになれる人々が羨ましかった。本当はあの、明るい輪の中に入れたら――。

（飽きた）

ノダラの言葉がまだ胸に刺さっている。最初はよその人間が珍しくても、やはり自分と似た相手のほうがよくなるだろうか。

鬱々としながらレサーリアは寝間着に着替え、寝台に潜り込んだ。ワインのせいか少し頭痛がする。

（こんな時、ジャンネド様がいてくれたらいいのに）

彼が側にいると、不思議に体調がよくなるのだ。アドロンが生まれて不安で一杯だった時も自分を支えてくれた。

(でも、あの方は私だけのものではないわ)

サイセンはこれからもっと強く、豊かになるだろう。そのためには彼の力が必要なのだ。皆が彼と話し、意見を聞きたがっている。

自分が独り占めできない男なのだ。

(もっと、もっと強くならなければ)

以前よりは強くなったが、さらに強くならなければジャンネドの妻にふさわしくない、そう考えてしまう。

(そうでないと、私……)

その時寝室に誰かが入ってきた。侍女の誰かと思ったレサーリアは顔を上げないまま声をかけた。

「ちょうどよかった、頭痛がするので水を持ってきてくれないかしら」

するとその人影は黙って寝台の側に歩み寄る。

「そうだと思って水を持ってきた」

その声はジャンネドのものだった。レサーリアは慌てて起き上がる。

「どうして」

彼は優しく笑いながらゴブレットを差し出す。

「飲みなさい。ワインを飲むといつも頭が痛くなるだろう。水に少しオレンジの汁を入れた」

口をつけると確かに少し柑橘《かんきつ》の香りがした。水は冷たく、頭痛が徐々に引いていく。

「ありがとう……」

なんだかジャンネドの顔がよく見られなかった。彼に対してすまない気持ちがあるからだろうか。

「どうしたんだ、気分が悪いのか」

彼は寝台に腰かけてレサーリアの顔を覗き込む。

「なんでもないの、少し疲れただけ」

夫を安心させ、再び宴会に送り出さなければならないのに自分の声に力がないのがわかる。

(情けない)

泣きたくないのに涙が溢れてきた。

「なんでもなくないではないか」

彼が親指で涙をぬぐってくれた。

「なんでも話してくれ、言ってくれなくてはわからぬ」

そう言われても、自分の気持ちは口に出すことも怖い。

(私に飽きたの？)

(将来飽きるかもしれない？)

そんなことはないと信じている。だがジャンネドはあまりに立派で偉大で、追いついていけるか自信がないのだ。

黙って涙ぐんでいるレサーリアをジャンネドはしばらく黙って見つめていた。

「もしかすると……やはりアレッシオーレに住みたいのか？」

突然夫の口からそんな言葉が出てきて、驚きのあまり涙が引っ込んでしまった。

「なにをおっしゃるの!?　そんなこと、あるはずないではありませんか」

ひと時たりともジャンネドと離れたいなど考えたこともないのに、なぜそんなことを言うのだろう。

「すまない、だが最近元気がないように感じたので……コッサも戻ってしまったし、やはりあの街で暮らしたいのではないか？」

「違うわ、そんなことで元気がないのではないの」

面食らってしまった。自分が最近沈んでいるとしたら——。

「アドロンが生まれてから、触ってくれないから……」

とうとう言ってしまった。はしたないと思われないだろうか。

次の瞬間、強く抱きしめられた。

「では、もう大丈夫なのか？」

「え？」

「あなたは赤ん坊ができてから、生まれてからもしばらく体調が悪かった。そんな時に子供ができるようなことはしたくないだろうと……我慢していたんだ」

驚いた。ジャンネドがそこまで自分を気遣ってくれていたとは。

「確かに……アドロンが生まれてすぐは不安で、次の子のことなど考えられませんでした。でも最近は落ち着いたのよ」

すると彼の手が自分の腿を触った。

「だが、以前よりさらに痩せたようで……触れるのが怖いのだ」

もともと華奢だったレサーリアの体は、寝込んだ時期が長かったことで筋肉が落ちさらに細くなってしまった。

だが見た目とは別にレサーリア自身の体調は悪くないのだ。最近はよく眠れるし、自分なりに食事も取れている。

「私はこれで元気なの。ノダラのように頑丈ではないけれど、これが私なのよ」

ジャンネドの手が、ゆっくりと寝間着を脱がせていく。

「私たちはもっと、話し合うべきだった」

そうだ、以前のようにまたお互いを誤解していたのだった。

「私はサイセンの皆のようにお酒も飲めないし、夜遅くまで騒げない。体も小さいわ。いつかジャンネド様が嫌になるのではないかと……」

そう言うと口づけで言葉を塞がれた。

「宴会のことなど考えなくてもいい、酒は飲みたい奴に飲ませればいいのだ。私も夜更けまで騒ぐのは苦手なんだ」

「まあ、そうだったの」

いつも夜遅くまで宴席に留まっているので、てっきり好きなのだと思っていた。

「宴会では普段王と話せない人間とも話ができる、だから一番最後まで残ってなくてはならないと父に言われたのだが——正直、疲れることもある」

「ああ……」

ジャンネドが自分と同じ性質を持っていることが嬉しかった。

「そんな努力をしているなんて知らなかったわ、ごめんなさい」

ジャンネドはレサーリアを寝台に横たえると、服を脱ぎ出した。

「では、もうあなたを抱いてもいいのだな？　正直もう、我慢できないんだ」

薄暗がりの中、浮かび上がった彼の肉体はすでに隆起していた。

「はい……」

それを見たレサーリアの息も熱くなる。寝間着を脱がされるとすでに胸の突起は大きく尖っていた。

「前より、さらに大きくなったようだ」

アドロンを産んで母乳のため膨らんだ乳房はまだそのままだった。ジャンネドの大きな手にすら余るほどだ。

「ああ……！」

震えるほど感じる、待ち焦がれていた彼の熱だった。

「あ、あ……」

指で先端を摘まれるだけで腰が浮き上がってしまう。久方ぶりの甘い感覚だった。

「あなたの肌が、懐かしい……もう、こんなことはできないかと思っていた」

「そんな……」

ふと見上げると、ジャンネドの瞳に光るものがあった。レサーリアは驚く。

「どうしてそこまで思いつめたの？」

「だって、アドロンを産んだ時あなたがとても弱ってしまった。もしかしたら死ぬかもしれないと思い、とても怖かった……毎日神に祈っていた。二度と抱けなくてもいいから、妻を私のもとに戻してくださいと」

「そんなに心配してくださったの……」

レサーリアも感激した。確かに出産後しばらく寝込んだが、それほどの重体とは思わなかったのだ。

「出産とは戦争と同じくらいの痛手を負うと、その時初めて知った。こんなつらいことを再びさせることに躊躇いがあった。だが……やはりあなたを抱きたい。男とはなんと仕方のない生き物だろう」

「いいえ……」

レサーリアは彼の体を抱き寄せる。

「女だって仕方のない生き物ですわ。あれほど苦労したのに、今はジャンネド様に抱かれたいし、もっと子供が欲しいんですもの」

出産の痛みも苦悩も今は薄れている。そして、アドロンに兄弟を作ってやりたいと思う。

「だから……私たち、もう一度夫婦になりましょう」

ジャンネドはいったん寝台の上に横たわると、レサーリアの体を自分の上に乗せる。

「寝台の縁に摑まりなさい」

彫刻が施されたヘッドボードに手を置くと、彼の顔の上を跨ぐ形になる。恥ずかしいが、もう一度夫婦になるためには必要なことだった。

「久しぶりだから、たっぷり濡らしてあげよう」

ジャンネドはクッションで体を支えて上体を起こした。膝立ちになるレサーリアの足を開かせてそこに唇を寄せる。

「あ……」

熱い息がかかっただけで全身がぞくぞくっとする。まだ閉じている二枚の花弁を彼の唇が開いていく。

「ひあ、あ……」

舌先が体の奥へ入っていく、熱さをそこで感じた。

「や、いい……」

目覚めかけていた果肉は、ほんの少しの刺激であっと言う間に熟していく。芳醇《ほうじゅん》な香りを放って自ら蜜を垂らしている。

「濡れてきた……」

ジャンネドは細い腰を引き寄せてさらに深く果肉を味わう。熱くほぐれた花弁を一枚一枚口に含み、狭い淫筒の奥へ舌を差し込んだ。

「やんっ、そんな……」

そこは、長い間閉じていたので侵入者に対して抵抗があった。ジャンネドはきつい孔を傷つけないよう、やさしくほぐしていく。

「あ、入る、あ、あ……」

大きく息を吐くと、ずるっと舌先が奥へ入ってきた。入り口の襞を丹念に嘗められると腰が反り返ってしまう。

「感じる……すごい、いきそう……」

とろとろに蕩けた果肉の中で、淫靡な芯はすでに耐え切れないほど膨らんでいた。あとほんの少しの刺激で、達してしまいそうだ。

「私を、跨いでくれ……」

ジャンネドはレサーリアの腰を自分のものに近づける。彼のものはすでに天を刺している。

「ああ……」

体が彼のもので開かれていく、ずずっと奥まで入っていく……。

「いいの、感じる……」

思い出した、彼のもので奥を触られるとたまらなく感じることを。

頭が真っ白になって、快楽のことしか考えられなくなる。

「ここが、いいのだろう」

ジャンネドはレサーリアの手首を摑んで、さらに奥へ貫いた。ぐりっと刺激されるときゅうっと切なく蜜壺が収縮する。

「あ、いく、いくぅ……」

レサーリアは貫かれたまま絶頂を迎えた。久しぶりの快楽に、痙攣が終わると体の力が抜けて夫の上に倒れ込む。

「ああ、もう我慢できない」

ジャンネドは妻の体を軽々と下に組み敷くと、ゆっくり腰を使い出した。まだひくついている壁をねっとりと擦られて、気が遠くなりそうだ。

「凄い……熱くて、柔らかい……私のものを包んでいるよ……」

ジャンネドの黒い髪が乱れて自分の顔にかかった。レサーリアはその艶やかな髪を指に絡める。

「ジャンネド様……愛している……好きよ……」

夫は腰を使ったまま何度も口づけをした。

「愛している、けっして、離さないよ……私の、ただ一人の、妻……」

熱い息と共に囁かれる愛の言葉は、快楽と同じくらいレサーリアを燃え上がらせた。

「好き、好きです……ずっと、離さないで」

彼の逞しい腰に足を絡みつける。二人の体はさらに密着して深く繋がる。

すると肉の中にある淫核が擦られ、再び登りつめる。

「あ、また、いく……！」

彼にしがみついてぶるぶるっと全身が震えた。するとジャンネドの動きも速くなる。

「あ、私も……いきそうだ、もう、我慢できない……！」

レサーリアが浅く痙攣すると同時にジャンネドの太い幹から精が放たれた。体の奥に熱を感じてレサーリアは陶酔する。

汗に塗れた体のまま、二人は抱き合っていた。

遠くから音楽が聞こえる。宴会場でダンスが始まったのだ。がしゃんがしゃんとものを動かす音が聞こえる。ホールの中で皆が手を繋ぎ、大きな輪になって踊るのがサイセン流だった。

「……皆が踊っているわ」

「ああ」

にぎやかな足音が聞こえた。不意にアレッシオーレで踊ったジャンネドとのダンスが思い起こされる。

「私……」

思い切って言ってみた。

「ダンスは、アレッシオーレのほうが好きだわ」

するとジャンネドは噴き出した。

「実は私もなんだ。サイセンのダンスは忙しくて、目が回る」

思わず笑い出してしまった。二人は軽く寝間着を羽織ると立ち上がった。

「こうして、ただあなたと踊っていたい」

音楽はなかったが、窓から差し込む月の光の中二人は踊った。

「他の人はいらないんだ、レサーリア、あなただけだ」

「私も……」

お互いが、ただ側にいてくれれば。

二人が緩やかに踊るたび、レサーリアの金髪とジャンネドの黒髪が優しく揺れていた。

◇◇◇

麦の収穫期だった。山間に作られた小さな畑にも金色の穂が揺れている。

狭い山間の道をジャンネドとレサーリアは馬で渡っていた。王の鞍の前には小さな子供が抱かれている。二人の息子、アドロンだった。

「しっかり摑まっているんだぞ」

もうすぐ三歳になるアドロンは鞍に跨がり楽しそうに周囲を見ている。二人の後ろからレサーリアは黙って馬を進めていた。その手には白い布に覆われた小さな包みを持っている。

二人はある集落に到着した。小さな木造りの家がいくつかあるだけの小さな村だった。

ジャンネドはアドロンを抱き上げる。レサーリアは彼の隣に立ち、一軒の家を指示した。

「あの家です」

村の中ではやや大きな家が一つあった。ジャンネドとレサーリアはそこへ真っ直ぐ向かう。

家の前には一人の老人が椅子に座っていた。彼はレサーリアを見るとぱっと立ち上がる。

「姫様……」

髭に白いものが混じる老人は目から涙を流した。

「ケイダ、久しぶりね。お父様に会いに来たのよ」

ケイダと呼ばれた男はレサーリアの前に跪いた。

「マッシオ様は……キオラ王国の王子はどうされたのです。アレッシオーレとの戦いに行くと言ったきり、お戻りになりません」

レサーリアは小さな包みを差し出した。

「お兄様は、アレッシオーレで死にました。お酒と薬で命を縮めたのよ。キオラの墓所に埋葬してあげて」

ケイダは包みを受け取るとその場に泣き崩れた。

「ああ……マッシオ様……」

彼を残したまま二人は小屋の中に入る。

部屋の中は暗かった。大きな寝台が一つ中央に置いてあった。

布団に埋もれるようにして老人が一人横たわっていた。

「レサーリア」

彼は首だけ動かしてこちらを見た。

「お父様」

彼こそキオラ王国の末裔、ニアキロだった。だが寝台も布団も粗末なもので、往時の栄光を偲《しの》ばせるものはなにもない。

暗闇で光る青と灰色の混じった瞳だけが、彼の血筋を示していた。

「手紙でお知らせした通り、マッシオが死にました」

レサーリアはあっさりと言った。

「……殺されたのか、アレッシオーレの略奪者に暗殺されたか」

レサーリアは無言で頭を横に振る。

「お兄様はアレッシオーレの娼館で毎日酒と薬草に溺れていたのよ。もうキオラ再興など思い出しもしなかったでしょう。ある朝、寝台の中で冷たくなっていたそうよ。元首のモレオ様が骨にして送ってくれたの」

ニアキロは体を震わせて起き上がった。

「お前は……なにをしているのだ」

「私？」

レサーリアはジャンネドとアドロンを前に出す。

「私はサイセンで夫と息子と幸せに暮らしています。お兄様の残した三人の子供も元気ですよ」

「では、その子をキオラの王にしよう。卑しい女の子でもマッシオの子であることには変わりない。お前はその手伝いをするのだ」

レサーリアは悲しげに笑った。

「お父様、まだおわかりにならないの、キオラ王国はもう終わったのよ」

ニアキロは青い瞳をぎろりと目を剝いた。

「父を、故郷を裏切るつもりか。お前はなんのために生まれたのか忘れたのか」

「覚えているわ。子供の頃何度も言われた、お前はキオラ王国再建のために作られたと」

レサーリアは寝台の側に跪き、父の皺だらけの手を取った。

「その夢を壊すために来たの。キオラ王国は再建しないわ。マッシオは夢に殺されたの。かなうはずのない望みに取りつかれて、つぶされたのよ」

ニアキロは娘の手を振り払った。

「裏切者！　やはりお前は女だな。一族より夫を取ったのか」

レサーリアは父に罵られても表情を変えなかった。彼の指はジャンネドに抱かれているアドロンを指した。

「その子はお前の子か。それでいい、ここに置いていけ。キオラの跡継ぎとして育てる。キオラには新しい王が必要だ」

異様な雰囲気に怯えたのか、アドロンは泣き出した。

「アドロン、大丈夫だよ。お父さんもお母さんもお前を守るよ」

ジャンネドは子供をしっかりと抱いて一歩下がった。

「お父様にはアドロンを渡さないわ」

レサーリアはゆっくり立ち上がると夫の側に寄り添った。

「マッシオが死んで、お父様が夢から覚めたことを期待していたの。普通の親と子になりたかった……でも、無理なのね」

レサーリアの瞳から涙が一筋落ちた。だがそれ以上彼女は泣かなかった。

「さようなら、お父様。これからも食料は届けるわ。暖かな布団も送ります。残りの時間をせめて、穏やかに過ごしてください」

「レサーリア……！」

ニアキロの口から呻き声が漏れる。だがレサーリアとジャンネドは振り返らずに部屋を出ていった。

サイセンに帰る道すがら、レサーリアは無言だった。

「よかったのか？」

アドロンと馬に乗っているジャンネドが声をかけた。

「ニアキロ殿はかなり弱っておられるようだ。あの方だけでもサイセンに引き取ったらどうだろう」

レサーリアは弱々しく首を横に振った。

「父がキオラの夢を捨てていたら、それも考えたわ……でも、あの人はまだそれを捨てていなかった。子供が自分のせいで死んでも夢から覚めないのよ」

ジャンネドは鞍からアドロンを持ち上げると、レサーリアの前に乗せた。彼は母を見上げるとにっこり笑う。

「ああ、アドロン……」

小さな体を抱きしめると、熱い涙が溢れてきた。

なにもいらない、夫と子供がいれば。

深い森の中、三人は緑の光に包まれて穏やかに笑い合っていた。

あとがき

こんにちは。再びお目にかかれてうれしいです。

制限の多い日々がまだ続いておりますが、皆様お元気でいらっしゃいますでしょうか。

今回は大好きな中世ヨーロッパ風の作品に挑戦してみました。

ヒロインのイメージは「ゲーム・オブ・スローンズ」のデナーリスです。初めて見た時儚げな美しさと透けるような金髪に引きつけられました。

ドラマの中ではデナーリスは戦いの先頭に立って進んでいきますが、彼女がそのまま幸せな結婚生活だったら……そんなことを考えてみました。

他に好きなキャラは最初大人しく、だんだん強くなっていくサンサ、女騎士のブライエニー、悪女からさらに強くなっていくサーセイ、女性が魅力的なドラマです。美術も美しく、物語に出てくる空中庭園はハイガーデンからイメージしました。海外旅行ができるようになったらロケ地を旅してみたいです。

最近私生活でも変化が多く、少し疲れる時があります。前向きになりたくてもつい考え込んでしまったり……そんな時はむしろ、作品の中に入ることで気持ちが楽になったりします。

現実と切り離された幸せな物語に癒される、書いている時間だけはつらいことを忘れることができました。

もうしばらく困難な時期が続くかもしれませんが、毎日少しの時間だけでも気を紛らわしながら過ごしていけば、いつか心配の消える日が来ると思っています。

また、皆様と別のお話でお目にかかれることを祈って。

吉田行

本作品は書き下ろしです

吉田行先生、芦原モカ先生へのお便り、
本作品に関するご意見、ご感想などは
〒101-8405
東京都千代田区神田三崎町2-18-11
二見書房　ハニー文庫
「真珠姫と黒騎士王～国無き姫は軍人王の蜜愛に包まれる～」係まで。

Honey Novel

真珠姫《しんじゅひめ》と黒騎士王《くろきしおう》
～国無《くにな》き姫《ひめ》は軍人王《ぐんじんおう》の蜜愛《みつあい》に包《つつ》まれる～

2022年 9 月10日　初版発行

【著者】吉田行《よしだあん》

【発行所】株式会社二見書房
東京都千代田区神田三崎町2-18-11
電話　03(3515)2311[営業]
　　　03(3515)2314[編集]
振替　00170-4-2639
【印刷】株式会社 堀内印刷所
【製本】株式会社 村上製本所

落丁・乱丁本はお取り替えいたします。
定価は、カバーに表示してあります。

ISBN978-4-576-22118-2

https://honey.futami.co.jp/